·火车探案记·

布罗肯山庄园谜案

[英] M.G.伦纳德

[英] 萨姆·塞格曼　著

[意] 埃莉莎·帕加内莉　绘

刘思捷　译

GUANGXI NORMAL UNIVERSITY PRESS

广西师范大学出版社

·桂林·

出版统筹：汤文辉　　　　　责任编辑：戚　浩
品牌总监：张少敏　　　　　助理编辑：梁　缨
质量总监：李茂军　　　　　美术编辑：刘淑媛
选题策划：李茂军　戚　浩　营销编辑：李倩雯　赵　迪
版权联络：郭晓晨　张立飞　责任技编：郭　鹏

著作权合同登记号桂图登字：20-2021-188 号

图书在版编目（CIP）数据

　　布罗肯山庄园谜案 /（英）M.G伦纳德，（英）萨姆·塞格曼著；（意）
埃莉莎·帕加内莉绘；刘思捷译. --桂林：广西师范大学出版社，2023.5
　（火车探案记）
　书名原文：Danger at Dead Man's Pass
　ISBN 978-7-5598-5829-0

　　Ⅰ．①布… Ⅱ．①M… ②萨… ③埃… ④刘… Ⅲ．①儿童小说－
长篇小说－英国－现代 Ⅳ．①I561.84

中国国家版本馆 CIP 数据核字（2023）第 028890 号

广西师范大学出版社出版发行

（广西桂林市五里店路 9 号　邮政编码：541004 ）
　网址：http://www.bbtpress.com
出版人：黄轩庄
全国新华书店经销
唐山富达印务有限公司印刷
（唐山市芦台经济开发区农业总公司三社区　邮政编码：301501 ）
开本：880 mm × 1 240 mm　1/32
印张：11.5　字数：179 千
2023 年 5 月第 1 版　　2023 年 5 月第 1 次印刷
审图号：GS（2022）4501 号
定价：49. 80 元

如发现印装质量问题，影响阅读，请与出版社发行部门联系调换。

献给我的丈夫——萨姆。

——M.G. 伦纳德

献给鲍勃、金和罗伊斯。

——萨姆·塞格曼

苏格兰

北爱尔兰

爱尔兰

哈里森的家

克鲁

英格兰

威尔士

伦敦

圣潘克勒斯国际火车站

欧洲之星号列车

莎士比亚书店

法国

巴黎

巴黎东站

北海

克拉森斯坦庄园

布罗肯铁路

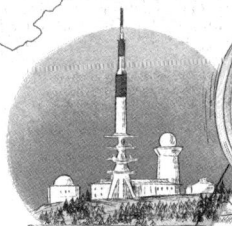

布罗肯山

韦尼格罗德 **柏林**

柏林火车站

欢迎来到柏林

施特拉斯堡

德国

Up Brocken mountain witches fly,

When stubble is yellow and green the crop.

Gathering on Walpurgis night,

Carrying Lucifer aloft.

Over stream and fern, gorse and ditch,

Tramp stinking goat and farting witch.

女巫们走向布罗肯山,

残梗黄,新苗青,

沃尔珀吉斯之夜 ① 齐相聚,

山顶高坐路西法 ②。

翻过溪流与青蕨,跨过荆豆与沟渠,

山羊臭气熏天,女巫放屁。

约翰·沃尔夫冈·冯·歌德 ③

《浮士德》④ 第一部分(第 3956—3961 行)

---

① 根据德国传说,在该夜,女巫们会在布罗肯山上举行盛大的仪式,庆祝春天的到来。——译者注(本书注释未特意说明者,皆为译者注。)

② 西方神话中的恶魔。

③ 德国著名作家、思想家、科学家,代表作有《少年维特之烦恼》《浮士德》等。

④ 长篇诗剧,分为两部,是歌德重要的代表作。该作品以民间传说为素材,描写了浮士德用一生追寻真理的历程。

目录
CONTENTS

第一章

一封来信

足球训练结束后，哈里森和本是最后离开更衣室的。一直以来，不管天气多么糟糕，校足球队的训练都从未中断过。尽管连日的暴雨终于在那天下午停了，但球场早已被雨水泡透，泥泞不堪。三月的寒风像鞭子似的打在他们裸露的小腿上，还把他们的手指吹成了一根根小冰柱。天气实在是太冷了，哈里森呼出的蒙蒙雾气让他连球都看不清楚了。练了一整场的倒地铲球后，两个人冻得瑟瑟发抖，摔得满身淤青，谁都不想再到室外去了。他们在暖和的屋子里回顾着球队比赛的细节，相互

1

打趣着，直到他们意识到其他人都走了，时候也不早了，他们才停了下来。

"我们该走了，"哈里森说道，"再不赶紧回家，我妈妈要担心了。"他拿起了自己的背包。

就在二人刚刚走出大楼时，本突然一把抓住了哈里森的胳膊。"那是谁？"他小声说了一句，伸手指了指校门边一个男人的身影——那个男人被雾气笼罩着，似乎在等待着什么。

哈里森停下脚步，屏住了呼吸。不过，他还是一眼就认出了那个穿着深色大衣的高个子男人，这个身影已经在他的画笔下出现过无数次了。

"纳撒尼尔舅舅！"他大喊一声，兴奋地向校门口跑去，"你在这里干什么？"

"我来接你。"纳撒尼尔·布拉德肖张开双臂，紧紧地抱住了他。

"你就是哈里森的舅舅？"本追上来，饶有兴趣地打量着纳撒尼尔舅舅，他早就从哈里森那里听说过许多有关这位舅舅的故事，"那个带哈里森搭乘火车、会写书的记者和旅行作家？"

"就是他！"哈里森的脸上露出了自豪的笑容，"纳撒尼尔

舅舅，这是本，你还记得吧？我之前跟你提起过他。"

"记得。你就是那个喜欢电影明星塞拉·奈特的小伙子。"舅舅望着本愉快地说道。

得知纳撒尼尔舅舅知道自己是谁，本显得非常高兴。但与此同时，他又因为自己是那位女演员的影迷而有些尴尬，一时间他呆呆地张着嘴巴，一句话也说不出来。

"我以为你要到过节时才来呢！"哈里森说道，他很想知道舅舅为什么突然比之前说的早来了一个多星期。

"今天早上我收到了一封给我们的信。"虽然纳撒尼尔舅舅的语气显得轻描淡写，但他脸上的表情却有些凝重。他从外套口袋里掏出一封信，递给了哈里森。"一位老朋友需要我们的帮助。"他说道。

"你又要带哈里森去开始新的旅行了吗，布拉德肖先生？"本问道。

"恐怕是的，不过那取决于哈里森的决定。"舅舅说道。

"给我们的信？"舅舅的话引起了哈里森极大的兴趣，有谁会给舅舅和自己写信？舅舅脸上凝重的表情让他有些不安，他忐忑地展开了舅舅递给自己的信。

纳撒尼尔·布拉德肖

老教区

林肯郡

英格兰

3 月 23 日

亲爱的纳撒尼尔：

　　留意到外面的天气已经很冷了，我的心情非常沉重，有很多话想和你说，但要说的第一句还是："你还好吗？"希望你一切安好！在这种令人沮丧的天气里，按说我不该打扰你，但是近来发生了一件颇为奇怪且令人不安的事情，我别无他法，只能写信向你提一个不情之请。我不知道自己还能相信谁，因此只能向你和你外甥哈里森寻求帮助。这件事情与我妻子阿尔玛的外婆家——克拉森斯坦家族有关。他们家在铁路建设和列车制造行业深耕多年，这给他们带来了巨大的财富和权势，同时也让整个家族颇受非议。三天前，亚历山大·克拉森斯坦——我妻子的表兄在位于哈茨山脉的家中突然去世。

神秘——这就是我对于亚历山大突然死去的感觉。他的去世存在一些无法解释的问题，这引起了人们对那个古老家族诅咒的担忧。虽然医生向我们保证亚历山大的死因是自然死亡——心脏病发作，但我看到了他去世时脸上的表情。他的脸因为受到惊吓而扭曲。是的，我坚信他是被吓死的，而且有人在山上曾经看到过一个鬼影。今天一早，阿尔玛的舅舅发誓说，他看见一个女巫站在死亡谷——房子外面一段铁路通过的那个山口上。

面对亚历山大的死，我心爱的妻子阿尔玛生怕诅咒降临在克拉森斯坦家族的男子们身上，危及我们的孩子奥利弗和麦洛（你曾经见过的）的生命。虽然我不相信那些古老的诅咒，但克拉森斯坦庄园确实发生了一些不祥的事情。经过彻底的搜寻，我们还发现了一件奇怪的事情——亚历山大的遗嘱不见了。

包括麦洛在内的我们全家，都对于你和你外甥在高地猎鹰号上的表现记忆深刻。亚历山大的葬礼将在下周一举行，所以，我希望你和哈里森能假扮成我们的远亲前来参加。我希望你们能够发挥你们的才干：调查这些奇怪的事情，找出它们背后的真相。

　　师出无名的事情我们不会做，也不会让你们去做。亚历山大的死确实给我们一家带来了深深的困惑和沉重的心理负担。当然，你们肯定会有很多的疑问。我随信附上两张从伦敦圣潘克勒斯国际火车站出发的欧洲之星号的火车票，邀请你们明天和我一起在巴黎里昂车站的蓝火车餐厅共进午餐。届时我将一一回答你们的问题。请带一个简易的旅行袋去柏林。不要对任何人提起这件事。衷心感谢！

沃尔夫冈·埃森巴赫男爵

"明天就出发吗？"读完信，哈里森抬起头问道。

"对。我们得赶上伦敦那趟火车，"纳撒尼尔舅舅卷起袖子，看了看腕间三块手表中的一块，"确切地说，应该是一小时零九分钟之后的那趟火车。"

"居然是真的，"本小声说道，"你真的戴着好几块手表。"

"贝弗利告诉我，今天是节日假期前学校最后一天上课。"舅舅说道。

"妈妈同意我跟你一起去？"哈里森有些吃惊。自打听说上一次的火车之旅期间发生了谋杀案，哈里森的妈妈不舒服了很长时间。

"她有些不高兴，但我还是据理力争，坚持说我们和之前旅途中发生的盗窃、绑架或谋杀案没有任何关系。"舅舅苦笑着说道，"坏事都是别人做的，不应该成为阻止你去看这个世界的理由。"

"你把信给她看了吗？"

纳撒尼尔舅舅把玳瑁眼镜往鼻梁上方推了推，看了看一旁瞪大眼睛、竖着耳朵的本，小心翼翼地回答道："我告诉她男爵是我们的一位老朋友，他邀请我们去德国转一转，而且他有一套很棒的铁路模型，你一直很想去看看。贝弗利说只要我能在节前把你送回来，并且这趟旅途中没有任何谋杀案的话，你就可以去。她现在正在给你收拾行李呢！"

"真的吗？"哈里森忽然感到胸口一阵刺痛，这感觉让他很不好受。他不喜欢有事瞒着自己的妈妈。

"哈里森，"纳撒尼尔舅舅轻声说道，"我认识男爵很多年了，他从来没有向我寻求过帮助。我……我以为你会想去的，至少想去巴黎看看。不过，如果你不愿意去，我也完全理解，我觉得男爵也会理解的。"

本将目光从纳撒尼尔舅舅转向了哈里森。

哈里森低头盯着手里的信。一场令人费解的死亡，一道诅咒，一份失踪的遗嘱，利用假身份出行……他能感觉到自己的心脏正在怦怦直跳。等他把信递回给舅舅时，他已经下定了决心，他说道："我当然想去了。"

"有罪案发生吗？"本着急地问道，他满心的好奇似乎已经压抑不住了。

"不，不是罪案，是一个谜。"纳撒尼尔舅舅答道。

"而我们要去解谜，"哈里森看着舅舅说道，"对吧？"

"完全正确！"纳撒尼尔舅舅表示赞同。

"真希望我也能去。"本说道。

"你也可以参与其中，本。"纳撒尼尔舅舅说道。

"真的吗？太棒了！需要我做什么？"

"装作什么也没有发生过，不要把我们今天说的话告诉任何人。"纳撒尼尔舅舅严肃地说道。

"我能做到，你们可以相信我！"

哈里森哈哈大笑起来。"等我回来后，我会把一切都告诉你。"他向本保证道。

"你可别忘了。"

"我们得走了，"纳撒尼尔舅舅把一只手搭在了哈里森的肩膀上，"没有多少时间了。我们必须赶上那趟火车。快去拿上行李，跟你妈妈道别吧！"他转头看了看本，又回头看了看哈里森，一字一顿地说道："记住，这趟旅行只是去看看老朋友的铁路模型，仅此而已。"

"明白。"哈里森和本异口同声地答道。

第二章

旅行癖

到家后，哈里森以最快的速度换好衣服，抓起背包，拥抱了狗狗贝莉，在出租车到来之前和妈妈、妹妹一一道别。

一下出租车，他和纳撒尼尔舅舅就匆匆地冲进克鲁火车站，通过闸机，一路小跑，终于来到了开往伦敦的火车即将停靠的站台。

"你的票。"纳撒尼尔舅舅把一张橙色的卡片塞给了哈里森，与此同时，一列绿白相间的火车载着满满当当一车乘客停在了他们旁边。"没时间提前订座了，希望我们能找到两个连在一起的座位。"舅舅说道。

"嘟——"车厢门应声打开。哈里森上车后找到了两个空位，和舅舅一起坐了下来。

"从列车时刻表上看，我们会搭乘这趟列车在晚上七点半之前到达尤斯顿车站，"纳撒尼尔舅舅一边说，一边解开了上衣的扣子，"从那里到国王十字车站只需走一小段路。明天我们将从圣潘克勒斯国际火车站搭乘欧洲之星号出发。我在圣潘克勒斯万丽酒店订了一间双人房。这家酒店是圣潘克勒斯国际火车站的一部分，会为客人提供搭乘欧洲之星号的服务。酒店就在车站的正上方。明天早上，吃完早餐后，我们只需步行两分钟就能抵达车站，然后就可以登上欧洲之星号了。"

哈里森感到一阵兴奋布满了全身。今天原本不过是平平无奇的一天：自己一大早和本一起走路去上学，然后回家。可现在，他已经和他最喜欢的舅舅一起坐上了即将开往伦敦的火车，接下来他们还要去巴黎，帮助埃森巴赫男爵破解奇怪的家人死亡之谜和家族诅咒！就在哈里森出神之际，克鲁火车站的站台慢慢消失在了他的视野里。车厢里的灯光使车厢两侧的窗户变成了一面面镜子，其中的一面映出了哈里森笑眯眯的模样。这一次，他还没上火车，便有案子需要他来解决了。

他放下座位上的塑料小桌，从口袋里掏出了一本小小的笔记本和一支黑色的美术钢笔。他本想随身携带一本速写本和一整盒画笔，毕竟他一向是利用绘画来解开谜团的，可纳撒尼尔舅舅却告诉他，男爵希望他们能伪装起来。因为已经有几家报纸刊登了哈里森侦破案件的事迹，并将他称为"绘画侦探"，因此纳撒尼尔舅舅担心带着这么多绘画工具很可能会暴露哈里森的身份，所以，这次哈里森只带了笔记本和两支美术钢笔。

哈里森拔下笔帽，画出了学校的大门，以及被雾气笼罩的纳撒尼尔舅舅。当他用纵横交错的网格线条勾勒出薄雾中的光影时，他的手因为激动而微微发抖。他能感觉到，这次旅行将会一如既往地令人难忘。

"男爵给我们订了明天最早的一趟欧洲之星号的车票。它将于早上七点五十五分从圣潘克勒斯国际火车站出发，午饭前会到达法国巴黎北站①。我们有充足的时间，可以搭乘巴黎地铁②，

① 原文为法语。
② 原文为法语。

13

前往蓝火车餐厅 ① 和他共进午餐。"

"你会说法语吗？"听着舅舅话里夹着一个又一个法语单词，哈里森问道。

"不是我自夸，我要是在那里住上一两个月，肯定会被当作法国本地人。"纳撒尼尔舅舅答道，"你呢？"

"我不会说法语。"② 哈里森慢吞吞地说道。

"哈！学习一门语言最好的方法就是融入其中。等你回家时，说不定你还能跟你妈妈说上几句德语。如果让贝弗利觉得这趟旅行多少有些教育意义，那她或许就会原谅我们瞒着她去开展调查活动了。"

"我一句德语也不会，"哈里森坦言道，"我只知道德语中的'父亲'是'farter'③。"

"是vater！"纳撒尼尔舅舅哈哈大笑起来，"我在德语学习方面，阅读的能力比口语的能力强。它确实是一门美妙的语言，许多单词的发音和英语单词的很像。我最喜欢的德语

---

① 原文为法语。
② 原文为法语。
③ 这里哈里森记错了德语中"父亲"的发音，他所说的听上去更像是英语中"放屁的人"。

单词之一是旅行癖（wanderlust），它指的是对旅行拥有强烈的渴望。"

"旅行癖。"哈里森重复了一遍舅舅的发音，心里想的却是他和舅舅即将开始的旅程，"我能再看一遍那封信吗？在与男爵会面前，我应该好好地再读一遍。"

纳撒尼尔舅舅犹豫了一下，然后从外套内侧的口袋里掏出那封信，递给了哈里森。

"男爵真的是你的好朋友吗？"哈里森一边展开信纸，一边问道。

"我想应该是，我们经常在一个兴趣相同的圈子里活动。"哈里森注意到舅舅的语气听起来还算愉快，可眉宇间却透露着一丝紧张。如此矛盾的反应让哈里森有些惊讶，他当即意识到纳撒尼尔舅舅似乎在担心什么。"我们都很喜欢火车，也正因此，我们经常会在各种场合遇到，比如上次就曾经在高地猎鹰号上相遇。我曾在他的城堡里吃过一顿饭，他还给我展示了他那绝妙的铁路模型。他是个好伙伴，我非常喜欢他，但他是一位举足轻重的人物，我可不敢说他是我的朋友。"舅舅说道。

"可他肯定把你当作自己的朋友，不然他为什么要给你写信呢？"

"我想应该是的。"

"你觉得克拉森斯坦家族的诅咒是怎么回事？"

"我不相信任何诅咒，"纳撒尼尔舅舅皱起眉头，"它们不过是利用了人们的恐惧心理。那些图谋不轨的家伙倒是经常拿诅咒作幌子。"

"你觉得克拉森斯坦家有人图谋不轨吗？有人要为亚历山大的死负责？"哈里森压低声音说道，"你觉得这会是一场谋杀吗？"

"医生说他死于心脏病。和你一样，我也只知道信里提到的这些情况。"

"我很好奇男爵信中提到的'死亡谷'是什么东西。鬼影幢幢的女巫听起来让人瘆得慌。"哈里森禁不住打了个冷战。

"一步一步来。我们先到巴黎听听男爵有什么要说的。在我们答应他假扮成别人，偷偷溜进克拉森斯坦家，参加一位和我们素未谋面的先生的葬礼之前，我想先弄清楚我们此行的目的到底是什么。"纳撒尼尔舅舅转过身，望向窗外。舅甥两人的谈话暂时到此结束了。

火车缓缓驶进了尤斯顿车站。

在哈里森看来，眼前的尤斯顿车站更像是一座地下停车场，车站周围的混凝土结构的墙壁上满是柴油熏出来的污渍，色彩艳丽的广告牌随处可见。他跟着纳撒尼尔舅舅，沿着一段平缓的坡道来到了车站大厅。众多提着行李、抬头盯着信息公告板的旅客仿佛一道墙，横亘在他们面前。随着站台广播声响起，一群乘客抓起行李箱，急急忙忙地朝火车停靠的地方冲去。

"跟紧我！"纳撒尼尔舅舅大声说道。

等他们走出火车站来到外面时，发现天空已然是一片漆黑。城市的灯光倒映在地上的一个个小水坑里，一闪一闪地点亮了人行道。

"我订的酒店在那个方向。"纳撒尼尔舅舅指了指。两个人低着头，迎着风匆匆离开了火车站。不一会儿，舅舅就大声地宣布："前面就是酒店了！"

这座带有一座钟楼的红砖建筑物有数百扇窗户，外立面是

始于1837年
圣潘克勒斯万丽酒店
伦敦

典型的哥特式风格。"它看起来跟英国国会大厦非常相像！"哈里森惊叹道。

"这确实是一座相当漂亮别致的酒店。"纳撒尼尔舅舅笑着说道。

第三章

欧洲之星号列车

　　闹钟还没响，哈里森就醒了。他透过窗户凝视着窗外，对面的大英图书馆静静地沐浴在早晨的阳光下。虽然时间还早，但他很快就完全清醒过来，并且迫不及待地想要开始新的一天了。他走进浴室，往脸上拍了些清水，随后换上衣服，把睡衣塞进了背包里。等他从浴室出来时，纳撒尼尔舅舅已经换好了衣服。十分钟后，他们俩收拾好行李，下楼吃早饭去了。

　　哈里森狼吞虎咽地吃了一碗麦片，喝了一杯橙汁。纳撒尼尔舅舅喝了两杯咖啡，检查了一下两个人的护照和车票，然后

20

便去办理退房手续了。当哈里森在前台与他会合时，他看到站在前台的一个女人交给了舅舅一个棕色的大信封。

"那是什么？"当两个人向火车站走去时，哈里森问道。

"昨天收到男爵的信后，我给《电讯报》的旅游专栏打了个电话，请我的编辑为我们搜集了一些关于克拉森斯坦家族的资料。"他拿起信封挥了挥，"我们可以在火车上看。"

圣潘克勒斯国际火车站是一座非常宏伟的老式火车站，虽然修建时间比较久远，但经过修缮与扩建后给人的感觉很现代。经典的砖砌拱门里开设有豪华的精品店和咖啡馆，拱形的钢结构屋顶上则用玻璃进行装饰。当他们顺着蓝色的标识走向欧洲之星号的检票台时，哈里森甚至还听到了钢琴的声音。短短几分钟内，他们的护照就扫描好了，行李也通过了安检，两个人顺顺利利地来到了候车室。

"这里进站手续办理的效率比机场的还要高。"哈里森感叹道。说着，两个人在一个提醒人们把英镑换成欧元的指示牌对面坐了下来。

"确实非常高效。"纳撒尼尔舅舅点了点头，"虽然飞机的速度比火车的快，但飞机无法直接把你送到城市中心。"

当广播通知乘客可以登车后，他们加入了排队的人群，走向一段直通站台的自动人行道。哈里森本以为会闻到刺鼻的柴油味，可他却在蓝灰相间、饰有黄色条纹的车厢上方看到了电线，原来欧洲之星号是电动列车。走出自动人行道后，哈里森帮助一个吃力地拽着大箱子的女人推了推她的箱子。

哈里森侧身望了一眼火车，说道："这列火车真长。"为了表达他的惊喜，他还轻轻吹了一声口哨。

"大概有四百米长。"纳撒尼尔舅舅表示同意，"工程师们得骑着自行车往返于火车两头。我们去看看火车头吧。"

他们一边说笑着，一边匆匆地沿着站台往前走，迫不及待地想要一睹火车头的真容，因为这列电动列车很快将载着他们穿过连接英法两国的海峡隧道，抵达法国。

欧洲之星号的火车头很像是一条动画片里的灰狗：日光黄的前脸、鸽子灰的下巴和深蓝色的流线型身体。车头看起来轻盈、灵动，外形的线条看上去比牵引着加州彗星号的那个大大的柴油火车头显得更加柔和。

"E320 型，"纳撒尼尔舅舅不无赞许地说道，"这是欧洲之星号的高速电力动车组的型号。320 指的是时速，这是它的最高时速。为了防止乘客被困在隧道里，人们给火车的两头各配有一个火车头。"

"发生过这种事情吗？"哈里森拿出小笔记本和钢笔，开始绘制火车头的前脸。

"发生过，不过罕见，一般都是因为遇上了极端天气。"

画到火车头的挡风玻璃时，哈里森注意到火车司机正在看自己。于是，他朝司机挥了挥手，司机也微笑着挥手回应。

画完火车头后，他们沿着原路走了回去。

"这就是我们的车厢。"在一节车厢前，

纳撒尼尔舅舅停下了脚步。

"是一等座！"哈里森惊讶极了。

"商务座。"登上火车的同时，纳撒尼尔舅舅纠正了一下哈里森的用词，"男爵都是这么出行的。"随后，他指了指一张桌子两侧的独立单人座位说道："那是我们的位置。"

哈里森坐了下来，瞪大眼睛盯着车厢中央的玻璃隔板。这真的是他见过的最像办公室的车厢了。过了一会儿，乘务员在广播里用英语和法语两种语言欢迎他们搭乘欧洲之星号列车。车门关闭后，哈里森感觉到整列火车在电动火车头发出的低沉的嗡嗡声中缓缓启动，驶出了圣潘克勒斯国际火车站。他透过车窗眺望窗外的伦敦市容。早晨，暖暖的阳光透过灰色的云层，像一支画笔一样，为这座以工业灰为主色调的城市涂上了一抹生机勃勃的色彩。想到再过三个小时，自己就要抵达巴黎，哈里森觉得有些恍惚和难以置信——毕竟，从克鲁到伦敦也不过用这么长的时间。

"我们来看看这里面有什么吧。"纳撒尼尔舅舅拿出酒店那位女士交给他的棕色大信封，放在两个人中间的桌子上，并从信封里抽出了一叠东西，"克拉森斯坦家族的企业名称为克氏集团，主营业务是铁路建设和火车制造。'二战'后，阿诺德·克拉森斯坦继承了这家公司并经营多年。如今，他已经 82 岁高龄了，但身体还算硬朗。他的长子——亚历山大·克拉森斯坦于十七年前接管了这家公司。"

哈里森掏出小笔记本，翻到空白的一页，开始绘制克拉森斯坦家族人物关系图。他得想办法记住每个人是谁。对他来说，最有效的办法莫过于绘制一张人物关系图。他把阿诺德画在了最上面。"去世的那位就是亚历山大吗？"他问道。

"对，"纳撒尼尔舅舅从那叠东西中抽出了一份报纸，"你看，昨天发了他的讣告。这份报纸派上了用场。"

"能给我看看吗？"

"讣告是用德语写的。"纳撒尼尔舅舅把那份报纸给他看了一眼，哈里森的心猛地一沉——如果他听不懂别人在说什么或看不懂别人写了什么，他还怎么破案呢？

"据说亚历山大身后留下了遗孀克拉拉，她是一位艺术家，还有他们 9 岁的儿子赫尔曼。"舅舅接着说道。

哈里森把这些名字记在他绘制的家族人物关系图上。他画出铁轨，把亚历山大的名字和他妻子的名字，以及他儿子的名字连接了起来。

"有意思。亚历山大在上一段婚姻里还有一个年纪大一些的儿子。他今年 19 岁，沿用了祖父阿诺德的名字。"

哈里森将这个大儿子的名字也加入了人物关系图。

"我很好奇现在会让谁来经营家族企业。"纳撒尼尔舅舅一边翻着资料，一边皱起了眉头。

一位列车员推着手推车走了过来，在他们的桌子上放了两个托盘。每个托盘里盛着几块糕点、几罐果酱、一份酸奶和一份盖着箔纸的热菜。

"能麻烦你给我来杯咖啡吗？"纳撒尼尔舅舅问道。列车员倒了一杯递给了他。

"阿尔玛·埃森巴赫的舅舅是谁？"哈里森问道，"男爵在信中说，阿尔玛的舅舅在死亡谷看到了一位女巫，而死亡谷正是在阿尔玛的娘家克拉森斯坦庄园附近。"

"阿尔玛已经快 60 岁了，所以我猜她舅舅一定就是老阿诺德·克拉森斯坦。也就是说，阿尔玛的母亲是老阿诺德的姐妹。"说完，舅舅喝了一口咖啡。

哈里森在人物关系图上老阿诺德一支的旁边画了一个新的

分支，并在下面标上了阿尔玛的名字。与此同时，纳撒尼尔舅舅把面前的食物推到了一边。"你不吃吗？"哈里森问道。

"我不饿。"

"没事吧？"哈里森看得出来，舅舅似乎有什么烦恼。

"说实话，我担心我们会卷入什么大麻烦。"

"但男爵肯定不会让我们身处险境。"哈里森说着，也把自己的餐盘推到了一旁。

"我知道。"纳撒尼尔舅舅微微笑了笑，把资料塞回了棕色信封，"嘿，你看，我们快进海峡隧道了，从两边的围栏就能看出来。"

透过窗户，哈里森看到高大的金属围栏飞驰而过。很快，窗外的阳光突然消失在一片黑暗之中，车厢顶部的条形灯照亮了整节车厢。火车愈加深入隧道，哈里森开始感觉到周围的声音在渐渐远去，直到他感到自己的耳膜突然突突地跳了起来。他抬头看着车厢顶，想象着此刻自己的头顶上是游弋着鱼群和航船的大海。"还有多久我们就可以到法国？"他问舅舅。

"通常不超过半个小时。连接英法两国的海峡隧道大约五十千米长，有三个平行的隧洞，可以分别供火车和汽车通行。"纳撒尼尔舅舅微微一笑，"建造这条隧道非常不容易，耗资巨大。"

"太酷了！"哈里森惊讶地感叹道。

由于眼睛适应了黑暗，当火车一下子冲出隧道时，哈里森反而什么都看不见了。"我们到法国了！"他在心里惊叹着，坐在座位上面朝窗外。当他的眼睛适应了光线，能够看清窗外的景色时，他的脑海里出现了他对法国的印象：这里看起来跟英国没什么不一样，天空也布满了灰色的云。火车快速驶过宽阔的平地，掠过一排排电力塔，薄雾笼罩在冬天光秃秃的树梢上。随着火车逐渐提速，哈里森眼前的景象因为快速移动而变得模糊起来，他感觉自己就像被固定在某个位置上，然后又突然被送进了一个多维空间。这真是自己坐过的速度最快的火车了，想到这里，哈里森兴奋起来。

临近巴黎郊区时，欧洲之星号渐渐慢了下来，乘务员先用法语，然后用英语告诉乘客，他们即将抵达 Gare du Nord，也就是巴黎北站。

"'Gare'是车站的意思，"纳撒尼尔舅舅向哈里森解释乘务员用法语播报时念的那几个单词的意思，"'Nord'指北方。"

"Gare du Nord，"哈里森重复了一遍，"北方的车站？"

"开往巴黎北部的火车停靠的车站。"

随着一阵响动，车门缓缓地打开了。哈里森走上站台，听到旁边的一对夫妇正在用法语交流。他感到一阵恍惚，连忙往纳撒尼尔舅舅身边靠了靠。车站很漂亮，薄荷绿的铁制廊柱一直延伸到高高的拱形窗户边。他注意到标示牌上每段法语的下方都附有对应的英文。

"搭乘巴黎地铁要往这边走。"纳撒尼尔舅舅领着他走上自动扶梯，来到了店铺林立的车站大厅。两个人径直走到一排售票机前，哈里森饶有兴致地看着纳撒尼尔舅舅的手指熟练地在触摸屏上来回舞动。

舅舅递给哈里森一张白色的卡片，微笑着说道："你的票。我们要乘坐 D 线，往南坐两站到里昂车站①。"

"里昂车站。"哈里森模仿着舅舅用法语说的"里昂车站"的发音。

"完全正确！"纳撒尼尔舅舅看上去很高兴，"我们还要与男爵共进午餐！"

---

① 原文为法语。

第 四 章

蓝火车餐厅 ①

纳撒尼尔舅舅和哈里森挤上了拥挤的巴黎地铁。随着突兀的鸣笛声响起，车门砰的一声合上了。车门上方有一张遍布着小灯的站点示意图。当地铁到达某站时，相应站点的小灯就会亮起来。哈里森认真看了看，发现他们到里昂车站只需要坐两站。

当哈里森和舅舅走出地铁车厢，登上自动扶梯时，他长长地舒了一口气。他很想知道蓝火车餐厅到底是一个什么样的地

① 原文为法语，后文提及"蓝火车餐厅"时均用的是法语。

方，他猜那里一定相当豪华。

"那家餐馆是在火车上吗？"当他们走进熙熙攘攘的人流里时，哈里森问纳撒尼尔舅舅。

"不是，它是以一列开往法国里维埃拉的著名豪华卧铺列车的名字命名的。这家餐厅建于 1900 年，当时是为了迎接巴黎世界博览会——巴黎人组织的一场城市盛会。"舅舅领着哈里森来到一段宽宽的石制楼梯前，楼梯的尽头有一道拱门，上面用白色颜料喷涂着"蓝火车餐厅"几个字。

"这里有一百多年的历史了？"哈里森惊叹道。

"是的，如果夸张地说的话，这里的墙壁和天花板上到处都装饰着宏伟的绘画、雕刻和雕像。我想你肯定会喜欢的。"

当他们来到餐厅门口时，高大的木门旋即被打开，一个穿着蓝色制服的人把他们迎了进去，对他们说道："你们好，先生们，欢迎光临蓝火车餐厅。"

进入餐厅后，哈里森不由得感慨这里真的是自己见过的最豪华的餐厅。它富丽堂皇得就像一座宫殿。高高的天花板上绘有华丽的壁画，壁画用温馨柔和的色彩描绘了一幕幕欢乐的场景，一切仿佛都被镶上了一道金边。

"我们约了一位朋友共进午餐，埃森巴赫男爵。"[1] 纳撒尼尔舅舅对站在柜台后面的领班，一位女士说道。她拿起两份菜单，领着他们走过铺满蓝色地毯的走廊，又从大大的餐厅中穿行而过。哈里森头顶那些金色枝形吊灯上的每个灯泡都宛若嵌在闪亮花朵中的花蕊，以至于他因为频频抬头欣赏它们而几次险些被绊倒。

一排排摆放整齐的桌子、带有软垫的蓝色皮革长木椅，以及座位上方别出心裁地用来作装饰的黄铜行李架——餐厅的布置使人恍如步入了火车上的一节豪华餐车。

男爵坐在一道拱门旁边。看见他们朝自己走来，男爵立刻站了起来。他穿着一件浅绿色的外套，里面是一件烟灰色的衬衫，脖子上还系着一条芥末色的领带。虽然男爵看起来仪表堂堂，但哈里森还是注意到了他眼睛下面大大的眼袋。男爵忧心忡忡的表情使得他前额上的皱纹显得更为显眼。

"纳撒尼尔、哈里森，"他用力地握了握他们的手，"谢谢你们能来，真是太感谢了！"

"不用客气。"纳撒尼尔舅舅一边回应，一边与哈里森一起

————————
① 原文为法语。

32

坐在了男爵对面的长椅上。

"我们先点餐，然后再聊。"男爵从领班的手里接过菜单，后者连忙向服务员打了个手势。

哈里森盯着菜单上用法语标注的餐品的名称，一脸茫然。不过很快，他找到了"牛排（steak）"这个单词，并且他很快认定和"牛排"搭配在一起的单词"pomme"就是"土豆"的意思。[1] 在这个菜名里出现的另一个单词"frites"，他记得法语课上学过，意思是"薯条"。**"请给我一份牛排和薯条。"**[2] 他指着这个菜名对服务员说道，并暗自希望自己的法语发音是对的。

"你确定？"纳撒尼尔舅舅问道。

哈里森点了点头，把菜单递了回去。"牛排和薯条能有什么问题？"他暗暗想道。

服务员刚走，男爵便俯身向前，把胳膊肘支在桌子上，一边拨弄着胡子，一边扭头观察有没有人在听他说话。"我把周围的桌子全都包下来了，这样我们就用不着窃窃私语了。"他用一种仿佛在密谋的声音说道，哈里森忽然感觉自己脖颈上的汗毛

---

[1] 原文为 steak tartare et pomme frites。
[2] 原文为法语。

都竖了起来。

"信我们已经读过了。"哈里森说道。

男爵意味深长地看了纳撒尼尔舅舅一眼，而纳撒尼尔舅舅则不易察觉地点了下头。

"很好，等我说完我心中的疑惑，我非常期待你们跟我说说你们的看法。"男爵靠在了椅子上。哈里森拿出了他的小笔记本和钢笔。

"五天前，我妻子的表兄——亚历山大·克拉森斯坦去韦尼格罗德看望家人。他原本在屋外不远处的铁路旁散步，可贝莎发现他时，他却躺在死亡谷的铁轨上，面部表情极其狰狞。他就这么死了。"

"贝莎是谁？"哈里森问道。

"亚历山大的第一任妻子。"

"死亡谷又是什么？"哈里森一边说，一边将贝莎的名字加入了克拉森斯坦家族的人物关系图中。

"从韦尼格罗德到布罗肯山有一条蒸汽火车线路，这条火车线路经过一个狭窄的山口，当地人把这个山口叫作死亡谷。"男爵解释道，"克拉森斯坦家族参与了这条铁路的建设，他们从主干线上分出了一条支线，让支线通向了他们自家的房子。"

"他们有自己的火车？"

"那当然了，毕竟他们的主营业务就是制造火车。"看到哈里森的表情，男爵忍不住笑了起来。

"亚历山大就死在了死亡谷？"纳撒尼尔舅舅问道。

男爵阴郁地点了点头，说道："对。贝莎打电话给阿尔玛，告诉了她这个可怕的消息。她和亚历山大的大儿子小阿诺德如今还住在克拉森斯坦庄园。"

"那里为什么叫作死亡谷？"哈里森问道。

"我也不清楚。我想可能是修建铁路的时候，那里发生过事故。"男爵转过头对纳撒尼尔舅舅说道，"在阿尔玛的要求下，我星期天去了一趟哈茨山脉。老阿诺德今年82岁了，需要坐在轮椅上。贝莎雇了一名叫康妮的护士来照顾他，这名护士还担起了管家的职责。然后除了小阿诺德，这栋房子里就只剩下园丁阿克塞尔了。"

哈里森在这一页的底部记下了护士和园丁的名字。晚些时候，他还要调查他们有没有不在场证明。

"既然亚历山大的第一任妻子贝莎住在家里，"纳撒尼尔舅舅说道，"那亚历山大的现任妻子克拉拉和他们的儿子赫尔曼住在哪里？"

"柏林。亚历山大大部分时间也都住在柏林。他趁着出差去看望父亲，可却发生了这样的惨剧。"就在这时，两名服务员托着一排盘子，举止优雅地把三个人的食物和饮料送了过来。男爵见状连忙闭上了嘴巴。

"祝大家有个好胃口。"三个人拿起餐具时，纳撒尼尔舅舅说了一句。

哈里森惊恐地盯着放在自己面前的盘子——里面有一块未煮熟的牛肉饼，上面还有一坨生蛋黄。"我点的是牛排。"他大声说道。

"这就是你点的牛排，鞑靼牛排。"纳撒尼尔舅舅强忍着笑意说道。

"可这是生的！"

"如果你不想吃……"男爵笑嘻嘻地把盘子挪到了自己的面前，"我很乐意吃这一份。"

"你需要再点些别的东西吗？"纳撒尼尔舅舅问道。

"我吃其他的就行了。"哈里森答道。还好别的菜没问题，他总算松了口气。

"按照传统，家人们会将逝者葬在布罗肯山附近的克拉森斯坦墓地。"男爵一边吃一边说道，"亚历山大去世后的第二天，我到他家里时，可怜的亚历山大还躺在图书室里。"他摇了摇头，嘟哝了一句"太恐怖了"[①]。接着，他深吸了一口气，继续说道："第二天，我见到的那名医生说亚历山大死于心脏病发作。我问过医生为什么亚历山大的脸上会是那样的表情，可医生也解释不清为什么会这样。"

"真奇怪。"纳撒尼尔舅舅说道。

"确实！那天晚些时候，家庭律师来取亚历山大的遗嘱，但遗嘱却不在保险柜里。"

"会不会在柏林？"纳撒尼尔舅舅问道。

男爵摇了摇头，说道："律师非常不解，因为就在一年前，亚历山大曾找他立了一份新的遗嘱。所有的家庭文件都被保存在保险柜里。其他东西都在，唯独亚历山大的遗嘱不见了。"

"你觉得有人把它拿走了？"哈里森问道。

"我不知道。"男爵噘起嘴，胡子都竖了起来，"阿尔玛坚信

---

① 原文为德语。

38

这是诅咒。"

"什么诅咒？"纳撒尼尔舅舅疑惑地问道。

"故事是这样的：几百年前，一个疯狂的女巫诅咒克拉森斯坦家族所有的男子都会英年早逝，不得善终。"男爵微微扬起了眉毛，"阿尔玛甚至可以列出所有'遭受诅咒而死'的克拉森斯坦家族的男子，其中就包括了亚历山大的弟弟曼弗雷德，他在法国外籍军团的战斗中英年早逝。"

"你相信诅咒吗？"哈里森一边问，一边把曼弗雷德的名字写在了人物关系图中亚历山大名字的旁边，并在这个名字旁边注明了相应的信息。

"我不相信诅咒或什么超自然事件，"男爵答道，"但亚历山大的神秘遭遇确实令人不安。这也是我给你们写信的原因。我想让你们调查一下死亡谷那里到底发生了什么事情，以至于亚历山大会突发心脏病。我自己无法展开调查——我的身份太显眼了，而且我还要负责葬礼的事情。"他看着纳撒尼尔舅舅。两个人沉默了很长一段时间，这让一旁的哈里森感到有些困惑。

"你吃得真快。"纳撒尼尔舅舅转向哈里森说道，"你手指上全是油，不如去卫生间洗个手吧。"

纳撒尼尔舅舅的这句话与其说是一种建议，不如说是一道命令。哈里森站起身，点了点头，他下意识觉得自己被排除在了某件事情之外。无奈之下，他把小笔记本和钢笔塞进口袋，微笑着离开了桌子。走过一排桌子后，他回头看了一眼，只见纳撒尼尔舅舅一脸关切地凑到了男爵身前。哈里森蹲下身，在牛仔裤上擦了擦手，然后掏出了小笔记本。他一边画着眼前的这一幕，一边聚精会神地听着，试图搞清楚他们在说些什么。

　　"……从未启动过，我整个职业生涯中都没有……"纳撒尼尔舅舅说道。

　　"我还能怎么办？"男爵答道，"我不会轻易使用暗号。这件事情可能很严重。"

　　"为什么要把哈里森牵扯进来？"

　　"因为你外甥有着惊人的推理能力，德国多家报纸都报道了他在游猎之星号上破案的新闻。"

　　"他还是个孩子，我得保护他！"纳撒尼尔舅舅看上去非常不安，"我的家人并不知道我的过去。"

　　"我保证他不会受到一丝一毫的伤害，我发誓！"男爵向前倾了倾身子，"纳撒尼尔，告诉我该怎么做，我会照做的。"他听起来非常害怕："要想阻止如今的可怕局面升级成一场大危机，你们两个是我最大的希望。"

纳撒尼尔舅舅转过头，哈里森赶忙往后退去，不想却撞到了一个抱着一摞空盘子的服务员的腿上。服务员摇晃了一下，随即便像个舞蹈演员一样原地转了个圈。等他身体恢复了平衡，他稳稳地托住了手中的盘子，只有一只叉子掉在了地上。

"对不起。"哈里森努力用自己最好的法语发音说了一句，同时猛地站起身，捡起叉子放到服务员手中那摞盘子上。他突然感到心烦意乱，脑袋开始嗡嗡作响。他跌跌撞撞地走进了卫生间，心里尽是问号——男爵说的暗号是什么？纳撒尼尔舅舅有什么不为人知的过去？大危机又是什么意思？

第五章

谜语变奏曲

哈里森回来时，看到桌上多了两张火车票。

"从巴黎前往莫斯科的快车今天下午六点五十八分从巴黎东站出发，明天早上七点一过便会抵达柏林。"男爵说道，"头等车厢恐怕已经预订完了，你们俩得合住一间了。"

纳撒尼尔舅舅拿起了火车票。

"我们要去德国啦？"哈里森强忍笑意，努力装出一副淡定的样子。

"你说了算，哈里森。如果你不想去，那我们就不去。"纳撒尼尔舅舅严肃地说道。

男爵看了哈里森一眼。

"我已经把人物关系图画好了。"哈里森举起了他的小笔记本，"不解开这个谜题，我是不会回家的。"

"我会承担你们所有的开销。"男爵看起来松了口气。

"那好吧，"纳撒尼尔舅舅起身让哈里森重新坐了下来，又朝男爵点了点头，"你最好先说明一下，我们在亚历山大·克拉森斯坦的葬礼上要假扮成什么人。"

"阿尔玛有一个哥哥，叫费迪南德。他娶了一个叫杰西卡·韦伯的女人，她是苏格兰人，来自内赫布里底群岛的马克岛。"

"根本就没有什么马克岛！"哈里森大声说着，把阿尔玛的哥哥和嫂子的名字也加到了人物关系图上。

"有，我曾经去过，"男爵答道，"那是一个海岸线地带，费迪南德和杰西卡有一座小农场。他们自己种植粮食，常年离群索居。"

"你想让我假扮成阿尔玛的哥哥？"纳撒尼尔舅舅问道。

"不，他年纪太大了。我觉得你可以假扮他的女儿，她跟你的年纪差不多。"

纳撒尼尔舅舅惊讶地眨了眨眼睛，哈里森则笑出了声。

"费迪南德有三个孩子，都是女孩，现在都已经长大成人了。他的二女儿名叫娜塔莉，不过大家都叫她纳特，与你名字的缩写一样。我建议你假扮成娜塔莉·斯特罗姆，哈里森可以假扮成你儿子哈里森·斯特罗姆。"

哈里森暗暗觉得让自己假扮成舅舅的儿子这个主意还不错。与此同时，他在人物关系图中做了相应的标记。

"难道没人会注意到我是个男的吗？"

"克拉森斯坦家根本不关注斯特罗姆家。他们喜欢阿尔玛，只是因为她嫁给了一位颇有影响力的男爵，"说到这里，男爵的眼中闪过一丝自嘲，"他们对苏格兰小岛上的农民可不感兴趣。要是他们中有人知道费迪南德家孩子的情况，我反倒会觉得很惊讶。之前在克拉森斯坦庄园时，我说我已经给斯特罗姆家发了参加葬礼的邀请，纳特·斯特罗姆和他的儿子将代表斯特罗姆家前来吊唁。克拉森斯坦家根本没人在意我说的'他'，他们搞不清楚纳特是男的还是女的。"

"我不会说德语有关系吗？"哈里森问道。

"嗯，没关系。哈里森·斯特罗姆的祖父是德国人，他可能

44

教过你几个单词，但你不一定要会说这门语言。而纳撒尼尔可以很流利地……"

"也够呛，"纳撒尼尔舅舅打断了男爵的话，"在我们到达目的地之前，我们需要恶补一下斯特罗姆家族史……"

"我给你们准备了一份档案，"说着，男爵从椅子旁边的公文包里拿出了一个黑色的文件袋，"你们所需要的东西都在里面。既然要造访布罗肯山，我建议你们读一下歌德《浮士德》的第一部分。"

"那是什么？"哈里森问道。

"一部古老的戏剧，有一部分情节就发生在那座山上。你应该会觉得有些无聊，但我猜你舅舅可能很喜欢德国古典文学。"他瞥了纳撒尼尔舅舅一眼，马上收回了目光，"还有，哈里森，除了你以外，葬礼上还有别的孩子。我的孙女和孙子——希尔达和欧赞也会去，还有亚历山大的儿子们。"

"奥利弗的孩子吗？"纳撒尼尔舅舅问道，"奥利弗和我之前见过，他知道我是谁。"

"我已经跟奥利弗解释过了。相比于葬礼，他对克拉森斯坦家的图书室更感兴趣。"他看了看哈里森，"奥利弗是一名学者，书是他的最爱。"

克拉森斯坦家族

阿诺德·克拉森斯坦（82岁）
娶了
伊丽莎白·马歇尔（67岁去世）

长子，经营
家族企业

亚历山大·克拉森斯坦
（61岁时离奇死亡）

芙蕾雅·克拉森斯坦
（58岁）
（排行老二，与父亲不和）

曼弗雷德·克拉森斯坦
（最小的儿子，26岁
时死于战场）

贝莎·克拉森斯坦
第一任妻子（58岁）

克拉拉·克拉森斯坦
第二任妻子（36岁）

拉妲·罗斯
芙蕾雅的好朋友（52岁）

小阿诺德·克拉森斯坦
（19岁）

赫尔曼·克拉森斯坦
（9岁）

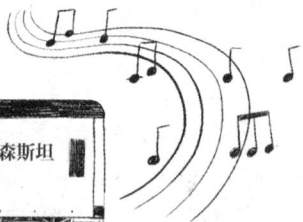

护士：
康妮
园丁兼司机
阿克塞尔

人物关系图

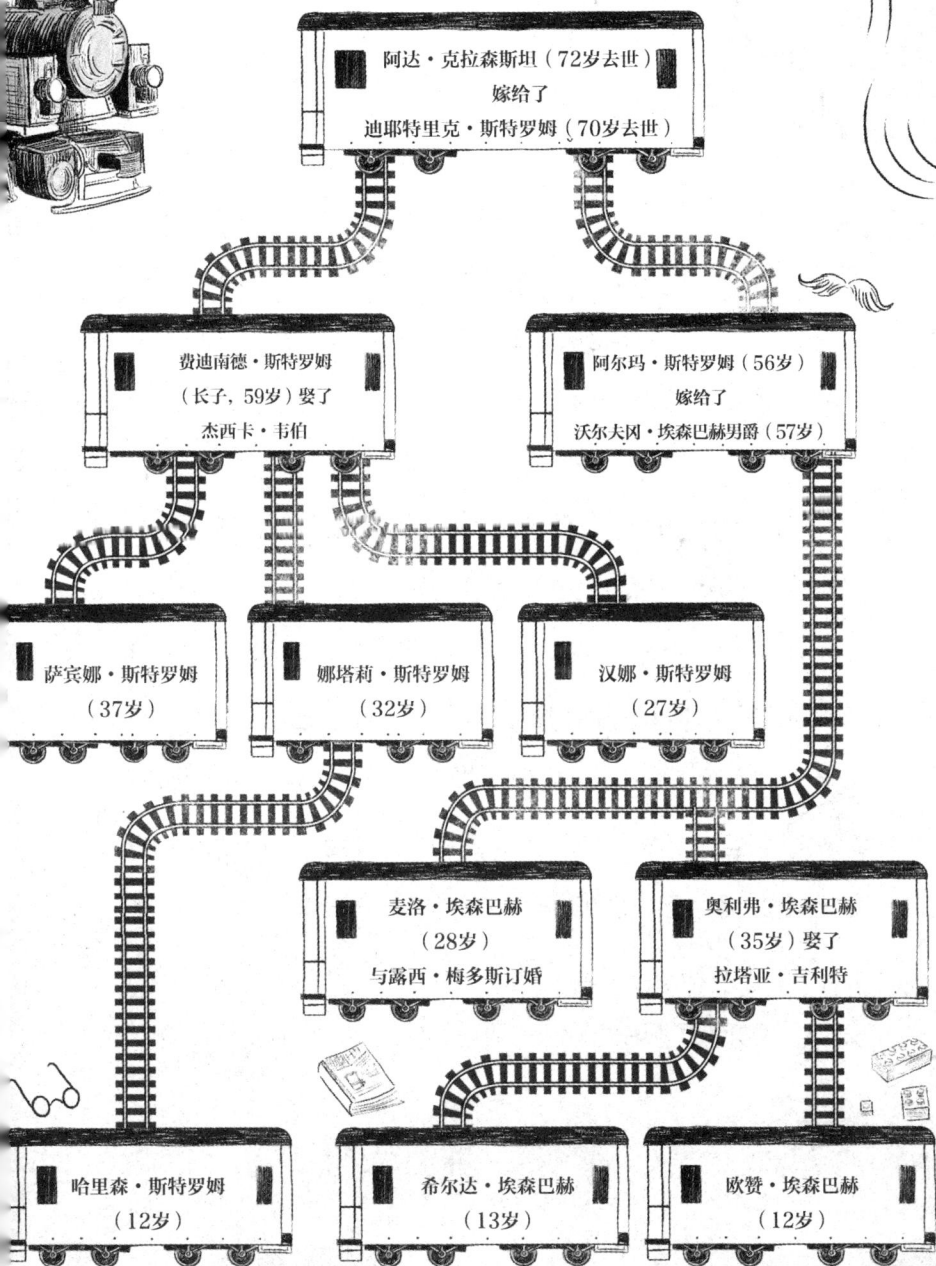

阿达·克拉森斯坦（72岁去世）

嫁给了

迪耶特里克·斯特罗姆（70岁去世）

费迪南德·斯特罗姆

（长子，59岁）娶了

杰西卡·韦伯

阿尔玛·斯特罗姆（56岁）

嫁给了

沃尔大冈·埃森巴赫男爵（57岁）

萨宾娜·斯特罗姆

（37岁）

娜塔莉·斯特罗姆

（32岁）

汉娜·斯特罗姆

（27岁）

麦洛·埃森巴赫

（28岁）

与露西·梅多斯订婚

奥利弗·埃森巴赫

（35岁）娶了

拉塔亚·吉利特

哈里森·斯特罗姆

（12岁）

希尔达·埃森巴赫

（13岁）

欧赞·埃森巴赫

（12岁）

“还有谁知道我们的真实身份？”

“只有阿尔玛、奥利弗和我。”

纳撒尼尔舅舅皱起了眉头，他忧心忡忡的样子让哈里森有些吃惊。

“纳撒尼尔、哈里森，请允许我再一次为你们能来帮忙表示感谢。”男爵喝完咖啡，站了起来，“我相信你们一定会找到克拉森斯坦庄园谜案的真相。”他握了握纳撒尼尔舅舅的手，接着又握了握哈里森的手。“我们柏林再见，到时候，我们要装出一副多年未见的样子。”说着，他会意地眨了眨眼睛。

直到男爵离开后，哈里森才意识到他已经贴心地结过账了，因为账单从始至终都没有被送到桌上来。

纳撒尼尔舅舅从黑色的文件袋里抽出一沓资料。“一份刊登费迪南德·斯特罗姆和杰西卡·韦伯结婚消息的剪报，几本关于这个家庭的笔记——我猜这些都是男爵写的，一张马克岛的地图，”他翻了翻资料，“看，这是费迪南德夫妇和他们的三个女儿的老照片。真想知道我假扮的是哪一个。”

哈里森研究了一下这张照片，然后把它翻了过来。“背面有东西。”他撕下了照片背面一张黄色的便利贴，上面写着：

约翰·沃尔夫冈·冯·歌德
《浮士德》第一部分
译本，埃尔莫·格兰德译
（麦克米伦出版社，2021年）
142/3956

"是男爵推荐我们看的书。在去巴黎东站之前，我们得买一本。"纳撒尼尔舅舅看了便利贴上的文字后说道。

"这里卖的不都是法语书吗？"

"我碰巧知道巴黎圣母院附近有一家很棒的书店，是一个美国人在一百多年前开的，他们那里有英语书卖。"纳撒尼尔舅舅说着把那些资料塞回了文件袋，"我去一下洗手间，然后我们就出发。"

在等纳撒尼尔舅舅回来的时候，哈里森把费迪南德家的照片塞进了自己的小笔记本，然后又翻到了他画的男爵和舅舅窃窃私语的那一页。男爵说他用的暗号是怎么回事？那封信里自己是不是漏掉了什么？他瞟了一眼舅舅挂在衣帽架上的外套。男爵的信就在这件外套内侧的口袋里。信是写给纳撒尼尔舅舅的，也是写给他的。想到这里，他走过去，飞快地把手伸进口袋，一把攥住了那封信。与此同时，他朝卫生间的方向瞥了一眼，只见纳撒尼尔舅舅刚好从卫生间里走了出来。哈里森的心猛地一颤，他迅速把信塞进了自己外套的口袋里。

两个人走进地下通道，坐上了巴黎地铁。等再次来到地面时，他们已经抵达塞纳河畔。河边的风很大，哈里森裹紧了外套。一路上，他一直不安地想着自己口袋里的那封信。

"巴黎圣母院。"纳撒尼尔舅舅指着一座被脚手架包裹着的哥特式大教堂大声说道。哈里森想起小时候看过的动画片《巴黎圣母院》中就有这座建筑物。

"买了书以后，我们可以去面包房买些路上吃的东西。晚上我们在火车上'野餐'一顿怎么样？我们可以买一些面包、奶酪和水果。"

哈里森笑着说道："棒极了！"

他们来到了莎士比亚书店。这是一家挂着绿色招牌的双门书店，店外的小推车上陈列有不少图书可供读者翻阅。书店的橱窗前坐着一位画家，她面前的画架上摆着一张画布，她正在画大教堂。

　　他们走进书店时，门铃发出清脆的响声。哈里森发现自己进入了一个奇妙的地方，这里各种书籍随意地散落着。

　　"《浮士德》讲的是什么？"哈里森问道。

　　"一个想要理解生命意义的人的故事。浮士德不满足于从书本上学到的东西，于是转向魔法，与魔鬼做了交易。他放弃了自己的灵魂，换取了一段短暂的经历，而这段经历让他心满意足，在此期间，他甚至理解了活着的意义。"

　　"书中讲到了魔法？"

　　"也不全是。不过书里出现了女巫，有些故事就发生在布罗肯山，所以我想男爵才会推荐这本书。"

　　"我出去看看那位画家的画，你去买书，行吗？"哈里森感觉那封信简直要把他的口袋烧出一个洞了。他急切地想要好好读一读它。

　　"没问题，"纳撒尼尔舅舅答道，"我这边很快就好。"

哈里森急忙跑出书店，来到那位画家身旁，背对着书店站着，这样舅舅就无法一眼从书店门口看到他在干什么了。他掏出男爵的信，又读了一遍，但并没有看到任何像是暗号的东西。他把信正反翻转，还举起来对着光照了照，然后又试着折叠了一下，可还是什么都没有发现。他叹了口气，看了一眼正在画布上作画的画家，突然间有了一个念头：把这封信当作一幅画来看待。他把视线聚焦于信纸前面的空间，然后试着逐步转移视线的焦点，让文字在视线中变得模糊不清。他竭力将信

当作一幅画来看。他发现，每一段的第一个字突然显得格外突出，这几个字居然可以拼出一句话：留神面包师。

书店门铃的响声把他从恍惚中拉了回来。他连忙把信塞进口袋，转过身面向画家的画，装出一副饶有兴趣的样子。不过，他也用不着慌张，纳撒尼尔舅舅正一边埋头翻看着手里的书，一边慢吞吞地走出书店。

信里隐藏的那句话，还有舅舅说过的那些话在哈里森的心头盘旋。他很想知道男爵和纳撒尼尔舅舅到底是什么样的朋友，为什么他们还有一套自己的暗号。

第六章

开往柏林的夜车

他们带着一大堆准备在火车上吃的食物来到车站的候车厅，找了两个空位子，坐下来等着广播报站。

哈里森的心里很不是滋味，舅舅的秘密行为和自己在信中发现的暗号让他对这趟德国之行有了更多的担忧，中午在餐厅被舅舅支开又让他觉得有些沮丧。他很想跟舅舅好好聊一聊，但又不知道从何说起。"纳撒尼尔舅舅，你没事吧？"终于，他开口问道。

"旅行有些累人，不过……"

"不，我是说……"哈里森努力寻找着合适的字眼，"这趟旅行……感觉和之前的旅行不太一样。"

"嗯，应该是的。"

"而且，怎么说呢……你有些怪怪的，"哈里森艰难地说了出来，"你看起来一直忧心忡忡的，还给人拒人于千里之外的感觉。我做错什么事了吗？"

纳撒尼尔舅舅的表情缓和了许多。"哈里森，你没有做错任何事。"他叹了口气，"你说的没错，这一趟旅程确实和我们之前的都不太一样。那几趟旅程都是由我主导的，火车票也是我订的，旅行的目的就是度假，可这一次并非如此。真不知道在克拉森斯坦庄园等着我们的是什么，我担心的是这个。一方面，男爵是一位非常重要的朋友，既然他需要我帮忙，那我肯定很乐意施以援手。另一方面，我又有可能把你——我最爱的家人之一带入险境。我答应过贝弗利要保证你的安全。不管怎么做，我都觉得自己做错了。"舅舅把眼镜往鼻梁上方推了推，又摇了摇头。

"你不是一个人在面对这一切，我知道我只有 12 岁，但既然来了，我也想帮助男爵。"哈里森低下了头，希望能以此吸引舅舅更多的注意力，"你可以告诉我任何事情，我肯定支持你。"

纳撒尼尔舅舅笑了笑，但并没有接过哈里森的话。"葬礼上不止我一个孩子。没有人会怀疑我们，他们肯定会以为我们是一家人。我们都不相信世界上真的有诅咒。如果真的有人杀了亚历山大，那凶手的做法也太愚蠢了。"哈里森急切地说道，但舅舅看起来并不打算对哈里森目前知道的秘密提任何一个字。

纳撒尼尔舅舅笑着说道："无懈可击的逻辑。"

"你不应该担心你做的事情是否正确——你应该帮我做好准备，把可能发生的所有事情都告诉我。"哈里森还是没有放弃努力。

纳撒尼尔舅舅盯着哈里森，好像之前从来没有见过他一样。突然，他用手拍了拍自己的前额，喊了一声："我真是个笨蛋！"

"你是个很好的舅舅，但我需要你做回旅行作家纳撒尼尔·布拉德肖，我破案时的朋友和搭档，因为我们都不可能仅凭自己的力量就解开谜题。"

"听懂了。"纳撒尼尔舅舅坐直了身子。有那么一刻，哈里森以为舅舅就要把男爵信中每行第一个字组成的暗号——"留神面包师"包含的信息告诉自己了，可舅舅却指了指头顶的屏幕说道："我们可以上车了。走，赶紧找到我们的车厢，把面包和奶酪吃了，然后好好计划一下德国之行。"

纳撒尼尔舅舅突然转移话题让哈里森感到非常沮丧，但看到舅舅望着自己的眼神中没有戒备，他还是松了一口气。

他们要搭乘的欧洲快车是一列灰色的火车，车体侧面喷有红色的几何图案。当哈里森走向车厢时，太阳已经西沉。他忽然惊讶地意识到：自己今天早上还在伦敦，等明天醒来时就在柏林了。

纳撒尼尔舅舅大步穿过铺着红地毯的走廊，来到一间包厢的门口。包厢里有四张铺位：两张上铺，两张下铺。他核对了一下票上的号码和两个上铺的编号，接着从包里掏出几本书、那个棕色的信封和黑色的文件袋，把它们放到了一张上铺上，然后又帮哈里森把背包放到了另一张上铺上。

他们在两张下铺处面对面坐下来，纳撒尼尔舅舅拿起一本翻旧了的书——《火车旅行：欧洲》。"想看看我们要走的路线吗？"说着，舅舅把书平摊在两个人中间的桌子上，哈里森向前探了探身子。"我们在这里，这里是法国北部，这里是德国。火车会开到这里。"舅舅边指着书边说道，"我们会在车上接受边检。过了边境就是凯尔。我们睡觉的时候，火车会经过法兰克福，然后是爱尔福特。在到达柏林之前，我们可以吃顿早餐。"舅舅叹了口气说道："这回不能去莫斯科真是太遗憾了。这趟车过了波兰边境后，人们会把它吊起来，为它更换宽轨转向架，因为俄罗斯的铁

轨宽度不一样。"

"在乘客们都还在车上的时候？"

"对！"看到哈里森惊讶的样子，纳撒尼尔舅舅略带得意地说道。

"我希望有一天能到俄罗斯看看。"哈里森带着渴望的神情说道。窗外，巴黎郊区的一个个混凝土高塔从他们的眼前掠过。

"好了，"纳撒尼尔舅舅关上包厢门，"我们先把假身份的背景故事编好。我是纳特·斯特罗姆，朋友们都叫我纳特，你是我的独子哈里森·斯特罗姆。"

"为什么要叫纳特？"

"这名字更贴近我的本名纳撒尼尔，免得我露出马脚。"

哈里森兴奋得不由自主地挥了一下拳，他问道："我妈妈是谁呢？她去世了吗？"

"不，伪装身份的关键就是找到一个与自己真实生活相近的角色和故事，这样你就可以真诚、自信地谈论自己的生活了。"舅舅想了一会儿，"不如说……你妈妈和我离婚了？我们结婚太早了。她现在嫁给了一个叫科林的好人，他们生了一

59

个叫埃莉的孩子——你有了个同母异父的妹妹——你们都住在克鲁。我住在爱丁堡，离你们很远。你在每隔一周的周末或是在假期里会来跟我住几天。最近正好过节，你刚好跟我住在一起。你甚至可以假装不高兴，因为我非要拉你来参加一个远亲的葬礼。"

"听起来不错。"哈里森非常满意，并立刻对自己的假身份更有信心了。

"最难的恐怕是你必须一直叫我爸爸。你千万别一不小心就'舅舅''舅舅'的叫，这样别人肯定会起疑心。我们应该现在就开始练习。你饿吗？我准备做三明治。"纳撒尼尔舅舅把他们带的那些食物放到膝盖上，边说边打开了包装。

"我要吃。"哈里森答道。纳撒尼尔舅舅眼神犀利地看了他一眼。"我是说，我要吃，爸爸。"哈里森立即纠正了自己的说法。

"很好，"纳撒尼尔舅舅故意用低沉粗哑的嗓音说道，"跟自己的爸爸说话要尊重一些。"

哈里森咯咯地笑了起来。

事实证明，要记得一直称呼纳撒尼尔舅舅为"爸爸"比哈里森想象的困难得多。在享用食物的同时，纳撒尼尔舅舅阅读了男爵提供的所有资料，并向哈里森介绍了克拉森斯坦家族企业——克氏集团的经营情况、家族里的各个成员以及他们在葬礼上可能会遇到谁等情况。每次哈里森不小心称呼他为"纳撒尼尔舅舅"时，他就会模仿刺耳的蜂鸣声作为提示，随后两个人就会忍不住哈哈大笑起来。

他们玩了一个叫"热座椅"的游戏：每个人必须用假身份回答二十个问题。起初，哈里森会编造各种稀奇古怪的答案来应对这些问题，但纳撒尼尔舅舅指出，如果他非要强迫自己记住他最喜欢的颜色是紫红色，可实际上他最喜欢的颜色是绿色的话，那么他肯定会暴露自己的身份。因此，他强烈建议哈里森尽可能按照实际情况来回答这些问题。

"有些问题非常重要，你必须记住答案，比如'你和你爸爸相处得怎么样？'，或者'你父母离婚时，你多大？''住得离爸爸那么远，你会觉得难过吗？''你喜欢和妈妈住在一起吗？'，又或者'你爸爸为什么要带你来参加葬礼？'……"

渐渐地，哈里森对回答这些问题越来越在行了。不仅如此，他还编造了一段令人信服的故事：由于平时没有多少机会见到自己的爸爸，他对爸爸非常思念，因此他同意和爸爸一起来参加葬礼。这样一来，他不仅能和爸爸一起度过这个假期，还能顺便去德国看一看。

对于哈里森提出的二十个问题，舅舅给出的每一个答案听起来都是那么真实。这可让哈里森大为吃惊，他不由得叫道："你可真是个高明的骗子，爸爸！"

"谢谢你，儿子，"纳撒尼尔舅舅看起来有些不自在，"我更愿意把它看作一种表演。读大学的时候，我参加过一个叫作'脚灯社'的戏剧俱乐部。我很喜欢那段经历。"

火车驶进车站时已经很晚了。一个身材矮小的女人走进了包厢，她穿着深蓝色的裤子和圆领上衣。

"晚上好！"她打了声招呼，从手提包里拿出了一本书和一个绿色的瓶子。接着，她坐下来，打开瓶子喝了一口，然后自顾自地看起了书。

哈里森看着纳撒尼尔舅舅，做了个鬼脸，用嘴型比画了一下那瓶饮料的名字——薄荷汽水。他在美国喝过，一点儿也不好喝，和泡沫牙膏的味道很像。

火车开动后，两名边防警察来到包厢门口，要求他们出示车票和护照。纳撒尼尔舅舅一直用法语跟他们交流。那个女人在递出自己的证件前，颇为赞许地看了纳撒尼尔舅舅一眼。看到舅舅自如地用法语和别人交谈，哈里森非常希望自己也能流利地说好另外一种语言，他决心旅行结束之后就好好学法语。

"时候不早了，"纳撒尼尔舅舅说道，"明天是很重要的一天，我们还得早起。你把睡衣和牙刷带上，去卫生间换身衣服，洗漱一下吧！"

"好的，爸爸。"哈里森从背包里翻出了自己的洗漱包。

在他即将走出包厢门时，纳撒尼尔舅舅又叮嘱道："还有，儿子，别忘了洗手。"

回到包厢后，哈里森迫不及待地爬上了自己的铺位。他感到眼睛发干，头也有些发沉。他把换下来的衣服堆在脚边，把毯子拉开盖到了身上，对舅舅说道："晚安，爸爸。"

"晚安，儿子。"纳撒尼尔舅舅答道。两人在各自的铺位上相视一笑。

纳撒尼尔舅舅拿出那本《浮士德》，撑起身子读了起来。

哈里森很好奇舅舅会不会坚持等到下铺的女人睡着之后再睡，可没想到他自己很快便睡着了。

不知什么时候，哈里森猛然惊醒。由于一时间分辨不出周

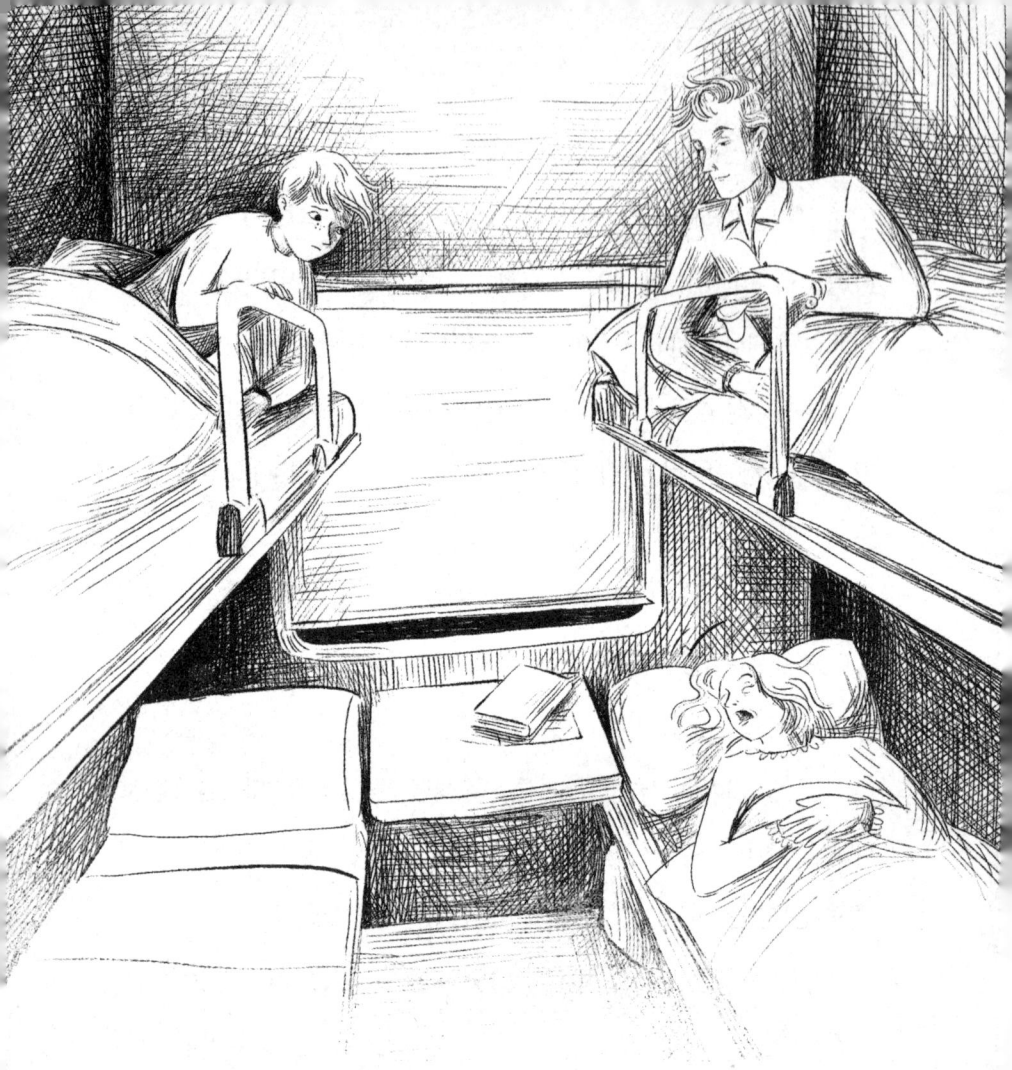

围的环境，他的心狂跳不止。就在这时，他听到了一声低沉的
呼吸声，并惊恐地意识到包厢里似乎有什么东西。他从床铺边
缘探出头，向下看了看。那个女人仰面躺在纳撒尼尔舅舅下面
的铺位上，张着大嘴，她的鼾声回响在整间包厢里。哈里森躺

回铺位，强忍着没有笑出声来。他从脚边换下的衣服里抽出外套裹在头上，可仍能听到女人的鼾声。他坐起来，有些恼火地发现自己已经完全清醒了。

纳撒尼尔舅舅也动了动，看到哈里森坐在床上，他用胳膊肘把自己撑了起来。哈里森捂住耳朵，指了指下面的铺位。

纳撒尼尔舅舅从行李袋里拿出一个小口袋，扔给了哈里森。小口袋里面有一个眼罩和一对泡沫耳塞。

"接着睡觉吧，儿子。"他小声说道。

"谢了，爸爸。"哈里森答道。他一边将耳塞塞进耳朵，一边暗自庆幸：还好舅舅旅行经验丰富，能应对各种突发状况。

第七章

骗局与乔装

"早上好，儿子，睡得怎么样？"看到哈里森从床铺上坐了起来，纳撒尼尔舅舅问道。

下铺的女人已经离开了。她的床铺现在成了一个座位，纳撒尼尔舅舅正坐在上面，端着一杯咖啡。

"挺好的，幸亏你给了我一对耳塞，"哈里森掀开身上的毯子，"她打鼾的声音简直胜过我爸爸……我是说我继父。"

纳撒尼尔舅舅哈哈笑了起来，接着又指了指桌子说道："这是给你的热巧克力。"哈里森从铺位上爬下来时，舅舅又指了指窗外说道："我们马上就要到柏林了。喝完热巧克力后，你最好抓紧时间换好衣服。"

哈里森望着窗外，心里一阵激动：他们已身在德国了！

他们抵达柏林后，纳撒尼尔舅舅似乎对这里非常熟悉。他领着哈里森从火车站一路走到了标着"U-Bahn"的地方，他说这个标识代表的是"Untergrund Bahn"，直接翻译过来就是"地下铁路"，它的意思和巴黎、伦敦的地铁是一样的。

他们乘坐黄色的地铁列车抵达维滕贝尔格广场，然后又步行了大约两分钟，来到了一家百货公司的巨大玻璃门前，玻璃门的上方写着"西方百货大楼"几个字。

"这里也叫'西百楼'，相当于英国的哈罗德百货公司①。"

"我们要买东西吗？"

"当然了。我们俩都没有带适合参加葬礼的衣服，而且男爵之前说过的一些事情让我有些担心。他提到德国的报纸曾刊登过你在游猎之星号上破案的新闻。如果有人认出你是哈里森·贝克，那就糟糕了。我们必须提前做好准备，以免露出破绽，被人发现。"

---

① 英国著名百货公司。

"我们要怎么做？"

"乔装。"纳撒尼尔舅舅一边说，一边推开门，把哈里森领了进去。他们搭乘自动扶梯来到了满是童装的一层，这里摆放着各式各样仿佛都是艺术品的童装。纳撒尼尔舅舅穿过一排排货架，拿起了两件衬衫、一件加厚的奶油色套头毛衣和一件黑色高领毛衣。接着，他拿起一条黑色的斜纹棉布裤，在哈里森的身上比了比，又拿起了另外一条海军蓝的裤子。挑选完毕后，纳撒尼尔舅舅把所有的衣物都塞进了哈里森的怀里，并推着他向试衣间走去。

哈里森换了一身行头，他仔细地看着镜子中的自己。这些衣服虽然看上去没什么特别的，但质感非常高级，与克鲁沿街小店里售卖的衣服完全不是一个档次。他看了看价格标签，上面写的都是德文，他也不清楚一欧元可以兑换多少英镑，但他感觉这些衣服肯定很贵。

他拉开试衣间的帘子，纳撒尼尔舅舅点了点头表示没有问题。"黑色高领毛衣和黑色裤子是参加葬礼时穿的。我再给你找一件夹克搭配一下。另外几件衣服就留着平时穿。你把白衬衫、套头毛衣和黑色斜纹棉布裤穿好，我去跟收银台说一声，就说你想直接穿着走。"舅舅说道。

纳撒尼尔舅舅给自己选了一套黑色的西装和几件马球衫，然后又给他俩各选了一双黑色皮靴外加一双厚袜子。最后，他挑了一个带轮子的行李箱。"这个给你，"他把行李箱递给哈里森，"把你的背包放进去，它看起来有些旧了。"

"这不得花很多钱？"

"是啊，幸亏男爵愿意负担我们的开销。"纳撒尼尔舅舅扬了扬眉毛，哈里森则咧嘴一笑。

往外走时，他们经过了一个摆满美术材料的大厅。"哇！"哈里森低声感慨了一句，眼神贪婪地扫视着琳琅满目的美术用品。

"抱歉，哈里森，你不能带着这些东西，它们太容易让你暴露了。"

"我知道，"哈里森叹了口气，"我只是看看。"

"走吧，我们还得去趟理发店。"

"你要剪头发？"

"不，是你要剪。我刚好认识这里的一位理发师。路上，我们还可以顺便吃些东西。"

他们重新走进地铁站，搭上了一趟向东行驶的列车。这条线路修在高架桥上，透过窗户可以看到道路两侧的城堡和办公大楼。他们穿过施普雷河，在终点站下车后，他们来到一个叫"腓特烈斯海恩"的社区。纳撒尼尔舅舅在街边的一个摊位上买了咖喱香肠——一种加了辣酱的美味热狗。

　　"这片区域看起来和这座城市里的其他地方不太一样。"哈里森边走边说道。

　　"这里是东柏林。第二次世界大战结束后，战胜国为了防止德国再次发动战争，把德国分成了两部分。当时的苏联控制了德国的东部，也就是东德。英国、法国和美国三个国家控制了西部，也就是西德。首都柏林也被分成了东柏林和西柏林，东西柏林间筑起了一道谁也无法跨越的高墙——柏林墙，将这座城市一分为二。"

　　"听起来可不怎么友好。"

　　"确实不怎么友好。那个时候随时都有再次发生冲突的危险，也就是众所周知的冷战时期。后来，柏林墙被推倒了，德国也实现了统一。"

　　"那位理发师在东柏林？"

"从这里拐个弯就到他的理发店了。"

两个人拐入一条安静的、满是五颜六色涂鸦的小街，接着走进了一家小小的理发店。店里的装修非常特别：光亮的混凝土地面、黑色的墙壁，照明则用的全是工厂里的照明设备。进门后，纳撒尼尔舅舅热情地和一个身材魁梧、留着寸头的男人打了声招呼。让哈里森惊讶的是，他听到纳撒尼尔舅舅居然可以用流利的德语和对方交谈。舅舅指了指哈里森，那个男人端详哈里森片刻后，一边说话一边伸出手在哈里森的头上比画起来。

"他在说什么？"哈里森突然感到一阵紧张。

"卡尔说可以把你的头发染黑后再剪短，或者给你梳成中分的样子……"

哈里森一脸惊恐地看着纳撒尼尔舅舅叫道："那我看起来会非常可笑！"

"或者我们把两边剪短，把刘海和头顶的头发烫卷。"

"烫卷？"

"你的头发可以保持原本的颜色，但刘海会比之前的卷，"纳撒尼尔舅舅点了点头，"这样看起来会大不一样的。"

"你是说烫头发吗？"哈里森想象着回到英国后，本见到自己一头卷发的表情，"我回学校的时候怎么办？"

"这种卷发是保持不了多久的，洗几次就完了。"

"我的头发完了？"

纳撒尼尔舅舅哈哈大笑起来，解释道："不，是烫卷的部分就完了。洗几次后，你的头发又会变回直发。"

"好吧，那就这么办吧。"哈里森坐在一把皮椅上，盯着面前的镜子。与此同时，卡尔推来了一辆黑色的手推车，车上装满了卷发筒、银箔片和药剂瓶。哈里森既害怕又好奇地看着卡尔将自己的头发梳成一束，并用喷壶将一种气味刺鼻的液体喷在了上面。紧接着，卡尔又将那束头发缠在一个卷发筒上，并用一块锡纸和一个夹子固定住。

"我有些事情要去办，"纳撒尼尔舅舅说道，"二十分钟后回来。"

等他回来时，卡尔正在用一个头套给哈里森的头发加热。纳撒尼尔舅舅站在哈里森的身后，看着卡尔取下了哈里森头上的卷发筒。看着自己头上那像卷曲的面条一样的头发，哈里森忍不住笑出了声。帮哈里森洗了头并上过护发素后，卡尔将哈里森两侧的头发剪短，并在边缘处剃出了整齐的线条。最后，他帮哈里森吹干头发，做了个造型，让一束卷发从前额垂下，自然地落在右眼的上方。

"这是给你的。"纳撒尼尔舅舅递给哈里森一个白色的小包，里面有一个黑色的长方形盒子。哈里森打开盒子，发现里面有一副粗框的玳瑁眼镜，与纳撒尼尔舅舅的那一副几乎一模一样，只是稍微小一些。

"给你配的平光镜，"纳撒尼尔舅舅说道，"试试看。"

哈里森盯着镜子，镜子里的自己看上去就像一个聪明伶俐、衣着整洁的富家小少爷。"太难以置信了。"他凑到镜子前，仔细端详自己的脸庞。两侧较短的头发让他的脸看起来更长且更加棱角分明，眼镜帮他挡住了前额那一束晃来晃去的头发。他撇撇嘴说道："现在这个样子，我妈妈都不可能认出我来。"

"她还是认得出来的。无论你乔装打扮成什么样子，你妈妈都认得出你。"

舅舅跟卡尔去收银台时，哈里森掏出小笔记本，飞快地画了一张自画像。

"我叫哈里森·斯特罗姆，"他对着镜子说道，"很高兴见

到你。"

卡尔让他们在理发店后面的一个房间里整理了一下他们的物品，并把哈里森衣服上的价格标签剪了下来。等他们再次走到街上时，哈里森感觉自己仿佛换了一个人似的。纳撒尼尔舅舅招手叫了一辆出租车，把亚历山大·克拉森斯坦家的地址告诉了司机。

"等我们见到克拉森斯坦一家后，一切可就不能回头了。"

两个人坐上车时，纳撒尼尔舅舅说道。

"我准备好了，爸爸。"哈里森努力不去理会自己的心跳声，故作镇定地答道。看着映在出租车车窗上的自己的样子，有那么一瞬间，他感觉自己都认不出自己了，这使他不足的信心稍微增加了一些。忽然，他想起自己还戴着银色的火车哨子，于是，他连忙把它取下来，塞进了裤子口袋。

"到了。"出租车停在了一座宏伟的白色石制建筑物前，纳撒尼尔舅舅说道，"准备好了吗，哈里森？"

"嗯，爸爸，我准备好了。"

第八章

家人团聚

纳撒尼尔舅舅按下了门铃。片刻之后，门咔嗒一声打开了，出现在舅甥两人眼前的是一个大厅。大厅里铺着大理石地板，一段宽宽的楼梯通向锻铁打造的电梯井。走进屋里时，哈里森把眼镜往鼻梁上推了推。电梯井传来一阵高亢的嗡嗡声，说明电梯此时正在下降。很快，一个穿着深色裙子、头发别在耳后的女人拉开了电梯的栅栏门。

"你好，"她说道，"是斯特罗姆先生吗？"

"对。"纳撒尼尔舅舅答道。

"欢迎。"女人将他们领进电梯，并重新关上了栅栏门。

他们乘坐电梯来到了四楼，在一扇与楼下大厅入口一样大的木门前停了下来。女人走在他们的前面，拉开了木门。门开了，一阵低沉、阴郁的琴声传了出来。纳撒尼尔舅舅将手放在哈里森的背上，示意他沿着铺有蓝色地毯的走廊向前走。哈里森听到的琴声越来越真切了。透过一扇敞开的房门，他看见一个脸色苍白、满头银发的男孩穿着一身黑衣，坐在房间里一架大大的钢琴前。他看起来年纪不大，但让人惊讶的是他居然能够弹奏如此复杂的曲目。"这一定是赫尔曼，"哈里森心想，"亚历山大·克拉森斯坦最小的儿子。"

赫尔曼·克拉森斯坦

听到他们的脚

步声，赫尔曼停了下来，并转过了身。哈里森发现他的眼睛周围有一圈紫色的阴影。哈里森举手和他打招呼，男孩却低下头继续弹了起来。

他们进入的下一个房间几乎和哈里森学校的小礼堂一样大。阳光从高大的窗户透进来，照到裸露的砖墙上。房间中央摆着一张为晚餐而准备的大餐桌。房间外面的阳台很大，站在上面可以清楚地看到下方街道上的景象。房间的墙上挂着三幅巨大的油画，厚厚的白色底布上用黑色、红色和橙色颜料画出了不同的图形。一个举止、神情与漫画中的精灵有几分神似的女人从一张长椅上站了起来。起身的时候，她把金黄色的长发向后拢到肩上，黑色的雪纺连衣裙随着她优雅的动作飘动了起来。

哈里森立刻意识到这位应该就是赫尔曼的妈妈克拉拉——亚历山大的第二任妻子。她真的很漂亮。

"你好，克拉森斯坦夫人。"纳撒尼尔舅舅说着，走上前去。

"噢，别，我们还是说英语吧，"她用双手紧紧握住纳撒尼尔舅舅伸出的那只手，"很高兴见到你。"随后，她转向哈里森说道："你一定就是哈里森了。沃尔夫冈告诉我，你不会说德语，要是我们非要说德语，那可就太不礼貌了。"

"谢谢你。"哈里森记得沃尔夫冈就是男爵的名字。

"你会演奏什么乐器吗，哈里森？"克拉拉饶有兴致地问道，"赫尔曼正在学习演奏巴赫的曲子。"

"我会吹竖笛，但吹得不是很好。"

"非常感谢你邀请我们今天来共进晚餐，"纳撒尼尔舅舅说道，"这是哈里森第一次见到他的德国家人，要是没发生那样的悲剧就更好了。请你节哀，克拉森斯坦夫人。"

克拉拉的前额挤出了一道痛苦的皱纹，她的嘴唇颤抖着，泪水慢慢充满她的双眼，她抽泣着，轻轻说道："谢谢你，但你叫我克拉拉就行了。还有，请不要太客气，不然我肯定会哭的。到时候，我的眼会变得又红又肿。"

"客气？我？"纳撒尼尔舅舅假装皱了一下眉，"没那回事。我是个彻头彻尾的莽夫。你问哈里森的妈妈就知道了。"

克拉拉感激地笑了。"我带你们去你们的房间。"她挽起纳撒尼尔舅舅的胳膊，领着他们走出房间。

克拉拉边走边回过头对哈里森说道："我把你和你的表亲希尔达和欧赞安排在了一起。"她又抬起头，看了看纳撒尼尔舅舅说道："你住在我们最小的客房里。家里所有的客房都已经住

79

满了。”

“沃尔夫冈和阿尔玛也在吗？”

“他们出去了，不过晚些时候会回来吃晚饭的。你认识奥利弗吗？他住在楼上。小阿诺德也在这里。”

“小阿诺德从韦尼格罗德赶过来了？”纳撒尼尔舅舅漫不经心地说道，给人一种他认识小阿诺德的感觉。

克拉拉凑近了一点儿，压低了声音说道：“我想他妈妈派他过来，就是为了确保宣读遗嘱前，家里这些银器不会被我卖掉。她可以利用她自己雇来照顾亚历山大父亲的护士控制他，但她别想控制我。”

听到克拉拉提到遗嘱，哈里森不禁吓了一跳——难道克拉拉不知道遗嘱不见了吗？

“小阿诺德是坐家里的火车来的，到时候我们可以坐火车回去。”克拉拉又补充了一句。

“你们有属于自己的火车？”哈里森问道。

“对。可以说是老古董了，但亚历山大很喜欢。他最后搭乘它，是去韦尼格罗德……”她停了下来，哽咽起来。她正在努力把眼泪憋回去。

"你家可真漂亮。"纳撒尼尔舅舅机敏地转移了话题。

"谢谢你。墙壁的颜色参照的是多变的天空的颜色，每个房间都用了不同色调的蓝色，地板的灵感则来自大地。"克拉拉的手小心翼翼地搭在楼梯的铁艺栏杆上，她正带着他们往楼上走，"这栋楼里我们拥有三层，顶层的客房我提供给了那些希望来柏林感受丰富文化底蕴、寻找创作灵感的艺术家。"

"你真是慷慨大方。"纳撒尼尔舅舅说道。

他们来到了一扇门前。"哈里森，你就睡在这里。"克拉拉打开了房门，房间里坐着一个头发蓬松的男孩和一个头发又长又直的女孩。他们好奇地打量着哈里森。

"嗨。"哈里森尴尬地和他们打了一声招呼。

"莉娜会帮你铺床，然后再把你的箱子搬上来。"克拉拉一边说，一边退出房间并关上了房门。

"你就是那位从苏格兰来的表亲？"男孩问道。

"不。我是说，是的，不过我不住在苏格兰，大部分时间不住在那里，"哈里森感觉自己浑身发热，"事实上，我觉得我们也算不上表亲，我们已经隔了两代人甚至更远了。"

"说是表亲更好理解一些。"男孩更正道。他的口音有点儿重，但英语说得很流利。

"对，"女孩微笑着说道，"就算是表亲吧！"

"好。"

"我叫欧赞。"男孩与哈里森握了握手，"你叫哈里森，欧帕跟我们提到过你。"

"我叫希尔达。"女孩从床上坐起来，怀里抱着一本黄色封皮的书——《埃米尔和侦探们》。在把书合上前，她把一页折了

希尔达·埃森巴赫

一下，想必刚刚正在看那一页。

"这场葬礼很隆重吧？"欧赞激动地说道，"我们可以前往克拉森斯坦庄园，还能见见一众表亲。"

"这个……"哈里森不知道该如何回答。

"而且大人们肯定很忙，到时候就没时间管我们了。"欧赞补充道。

"爸爸说克拉森斯坦庄园的图书室很大，"希尔达咯咯地笑起来，"甚至还配有带滑轨的梯子。"

"算了吧，"欧赞翻了个白眼，"阿诺德太爷爷的铁路模型完全可以和欧帕收藏的媲美。还有，哈里森才没兴趣看什么书呢！"

"欧帕拥有世界上最棒的铁路模型。"希尔达不屑地答道，她好像有些生气。

哈里森猜他们说的"欧帕"应该就是"爷爷"，因为据他所知，男爵的铁路模型远近闻名。

敲门声响起，莉娜把哈里森的箱子推了进来。孩子们退到旁边，看着莉娜熟练地从一张床下抽出床垫，让它撑开到与另外两张床同样的高度，然后在上面铺上了白色的亚麻床单。

"非常感谢。"①哈里森暗暗希望自己没有说错，而莉娜则微笑着离开了房间。让哈里森尴尬的是，他的肚子突然大声地咆哮了起来，他连忙把手放在了肚子上。

"你饿了吗？"一个细细的声音在他耳边响起。

"啊！"哈里森几乎被吓得魂飞魄散。他转过身，发现赫尔曼正站在自己的身后。"你吓死我了！"他大声吼道，赫尔曼则悄悄地朝门口退去。

"别走！"希尔达跑到赫尔曼的面前，拉着他的手，把他拉到欧赞的床边，让他坐了下来，"我是希尔达，我们是表亲。"

赫尔曼对她报以怯生生的微笑，说道："我来打个招呼。"他的声音很沙哑，吸气的时候胸腔里好像还有哮喘病人发作时发出的那种嘶鸣音。

"对不起，我刚刚不该冲你大吼大叫，"哈里森说道，"我没听到你进来。"

"赫尔曼总是静悄悄的，像只猫一样。"欧赞说道。

"你们要是饿了，"赫尔曼说道，"我可以让莉娜送些零食到游戏室去。"

---

① 原文为德语。

84

"我的确有些饿了。"哈里森坦言。

"我也是。"希尔达附和道。

"你们先去游戏室吧。"赫尔曼说着，匆匆走向门口，"我马上就过去。"

游戏室是这里唯一没用蓝色装饰的房间，屋内的主色调是白色。一看就知道有人经常待在这里，因为架子上整齐地码放了很多玩具和棋盘，电视机前的地板上散落着许多乐高玩具。

哈里森和希尔达分别坐到两张沙发上。欧赞则坐在乐高玩具旁边的地板上，开始拼起了积木。

赫尔曼端着一盘薯片走了进来。"你在拼什么？"他看着欧赞问道。

"魔鬼桥。"[①]欧赞答道。考虑到哈里森也在这里，他又用英语补充道："那是一座非常有名的桥。"

"这还挺特别的。"哈里森突然对拼积木来了兴趣。在没有任何指导的情况下，他只拼过方形房子和太空飞行器。

"欧赞向来很特别。"希尔达翻着白眼说道。

"总有一天，你会庆幸我是如此特别。到时候，我说不定

---

① 原文为德语。

85

会发明出能够拯救生命的机器人，或者设计一座桥……"欧赞举起了手里的乐高玩具，"让人们可以穿越到另一个维度，然后……"

希尔达打断了欧赞的话，转向赫尔曼说道："赫尔曼，我们到的时候，我听见你在弹钢琴。你弹得真棒。"

"我正在练习。"听到希尔达的话，赫尔曼苍白的脸颊变红了，"妈妈举办宴会的时候，总喜欢让我为她的客人演奏。"

欧赞·埃森巴赫

"她会让你为我们演奏吗？"一想到赫尔曼的回答有可能是肯定的，哈里森在心里替他觉得害怕。

"没关系，"看着他们关切的样子，赫尔曼微微一笑，"这能让妈妈高兴。"

"德国人都会说英语吗？"眼见年仅 9 岁的赫尔曼能说一口流利的英语，哈里森惊讶地问道。

"英国没人会说德语吗？"欧赞哈哈大笑道。

"学校里可没人教德语。"哈里森坦白道。

"欧赞和我上的是一所国际学校。我们的妈妈是土耳其人，爸爸是德国人，所以我们在家里会说两种语言。学校用的是英语，但我还会说法语和西班牙语。"希尔达答道。

"你能说这么多种语言？"哈里森自愧不如。

"我的法语和西班牙语说得不太好，"欧赞说道，"但我用世界通用语言——数学和科学弥补了这一点。"

希尔达哼了一声。

"我在家里接受辅导，"赫尔曼说道，"一直有人教我英语。"

"学习语言就像破译密码，"希尔达说道，"非常有趣。等长大了，我要像妈妈一样，当一名翻译。"

"等回家了，我要申请去上德语课。"哈里森说道。

"你喜欢什么？"欧赞问道。

"我喜欢……"哈里森本想告诉他们自己喜欢画画和旅行，但话到嘴边，他换了说法，"运动。"

"什么运动？"欧赞立刻来了兴趣。

"足球，我在校队踢球，"哈里森答道，他忽然记起纳撒尼尔舅舅说过要尽可能按照实际情况来回答，"我踢的是中场。"

"我有哮喘，所以不怎么运动。"赫尔曼说道。

莉娜端着一个放有四个迷你汉堡的盘子走了进来，孩子们一阵欢呼。她把食物递给赫尔曼，朝他眨了眨眼后便离开了。

"嘿，讨厌鬼，你们在干吗呢？"①一个身材瘦高的年轻人懒洋洋地靠在门框上问道。

"他说什么？"哈里森笑着偷偷问欧赞。

"他说你们这帮讨厌鬼在干吗呢？"欧赞小声地答道。

"小阿……阿诺德。"赫尔曼结结巴巴地说道。

小阿诺德一步跨进房间，从赫尔曼手中的盘子里抓起了两个迷你汉堡，一下子塞进了自己的嘴里。他一边大口咀嚼，一

_____

① 原文为德语。

边像打量流浪狗似的打量着四个孩子。

希尔达往前挪了挪身子，甜甜地笑着说道："你好，小阿诺德，我是希尔达。由于哈里森不会说德语，所以我们决定都说英语。"

"热烈欢迎，英国人。"[①]小阿诺德哼了一声，但还是换成了英语，"别吃太多这种东西。"他拿起盘子里的另外两个汉堡说道："晚餐有六道菜，我们都不想让克拉拉不高兴，对

小阿诺德·克拉森斯坦

---

① 原文为德语。

89

吧？"他把那两个汉堡也塞进嘴里，并故意张大嘴巴，让四个孩子看着汉堡被他一下一下地嚼烂。然后，他转身走了出去。

哈里森看了看赫尔曼，问道："那是你哥哥？"

"同父异母的哥哥。"赫尔曼喘息着从牙缝里挤出了几个字。

第九章

可怕的晚餐

召集大家吃晚饭的铃声响了起来，饥肠辘辘的孩子们急急忙忙跑下楼梯，正好撞见了希尔达和欧赞的爸爸。

"爸爸，这是哈里森。"希尔达说着，抓住了哈里森的胳膊。

"很高兴见到你。"奥利弗热情地朝哈里森笑了笑。两个人握手时，奥利弗朝哈里森出其不意地眨了一下眼睛，虽然动作轻微到几乎难以察觉，但此举说明他知道哈里森的真实身份。哈里森曾在高地猎鹰号上见过奥利弗·埃森巴赫的弟弟麦洛·埃森巴赫，而面前的奥利弗比他的弟弟更加俊美。他留着整洁的胡子，戴着眼镜，淡褐色的眼睛充满神采，这让哈里森本能地喜欢上了他。

奥利弗领着孩子们来到餐桌前。此时纳撒尼尔舅舅、男爵和他的妻子阿尔玛已经落座。

"哈里森，来让姑奶奶好好地抱一抱。"阿尔玛说着，站了起来，"你还是个婴儿的时候我就见过你。"她把哈里森搂进怀中，并在他耳边低声说了一句"谢谢你能来"。阿尔玛·埃森巴赫有一个习惯，微笑时会不自觉地耸起肩膀，所以虽然她已白发苍苍，但这样的小细节让她看起来少女感十足。

看见自己被安排坐在纳撒尼尔舅舅和欧赞之间，哈里森感到非常高兴。

"你安顿得怎么样了？"哈里森坐下时，纳撒尼尔舅舅问道。

"挺好的。"哈里森答道。与此同时，莉娜端来了今天的第一道菜。

席间，小阿诺德的表现简直让人无法忍受。每道菜他总是只吃一小口，然后一会儿嚷嚷说太辣了，一会儿又发牢骚说寡淡无味，说来说去就是在抱怨这顿饭让他难以下咽。哈里森、赫尔曼、欧赞和希尔达知道他的胃早就被那四个迷你汉堡塞满了。克拉拉完全无视小阿诺德的粗鲁无礼，这却让他更加肆无忌惮。终于，男爵看不下去了，他聊起一位绅士应该知道如何享用美味佳肴、如何赞美主人的话题，不仅如此，他还严厉地瞪了小阿诺德一眼。小阿诺德见状，只得坐直身子，一声不吭地吃完了自己盘子里的食物。

克拉拉问纳撒尼尔舅舅在马克岛上的生活如何。舅舅满怀歉意地解释说，自己从小到大都在照顾猪、羊和鸡，这让他无比渴望城市生活，所以刚一成年，他就搬到爱丁堡去住了。

"我司哥骨子里是位农夫，"阿尔玛说道，"务农是件苦差事，不是每个人都愿意做的。"

"确实如此。"纳撒尼尔舅舅表示同意，然后巧妙地转移了话题，"沃尔夫冈，我问个问题，希望你别介意。参加葬礼的行程是怎么安排的？我能帮上什么忙吗？"

"我们明天坐自家的火车去克拉森斯坦庄园。亚历山大的遗体目前被存放在殡仪馆。一些人可以先去殡仪馆与遗体告别。葬礼当然就安排在周一了。"男爵轻轻地拍了拍克拉拉的手，露出了一丝苦笑。

"我想带他回家，回柏林。"克拉拉低声说道。

"他现在就在家里，"小阿诺德没好气地说道，"他自己的家里。"

"按照一直以来的家族传统，"男爵没有理会克拉拉和小阿诺德的争执，"克拉森斯坦家的人都将被葬在庄园里的家族墓地内。德国政府对葬礼有严格的规定，但作为一个有些影响力的

阿尔玛·斯特罗姆

奥利弗·埃森巴赫

希尔达·埃森巴赫

小阿诺德·克拉森斯坦

欧赞·埃森巴赫

人，我能够获得特许，可以按照家族传统举行葬礼。"

克拉拉皱起眉头，看上去有些困惑。

"墓地位于布罗肯山附近。"阿尔玛一阵战栗，"当我还是个小女孩的时候，送

克拉拉·克拉森斯坦

赫尔曼·克拉森斯坦

沃尔夫冈·埃森巴赫男爵

纳撒尼尔·布拉德肖

哈里森·贝克

葬列车总是会让我做噩梦。"

"送葬列车?"哈里森急切地想让她再多说几句。

"它会把家人的遗体带去墓地。克拉森斯坦家从来不用灵车或者黑色马车——我们一直用的是送葬列车,"她压低了声音,"丝毫不顾及诅咒。"

"什么诅咒?"希尔达往前凑了凑,小声问道。

"你不知道吗?克拉森斯坦家的男人们全都被诅咒了,诅咒他们全都英年早逝不得好死。说不定我明天就死了。"小阿诺德冷笑一声,身子往后一靠,接过了希尔达的问题。接着,他神色阴沉地看着赫尔曼说道:"你也一样。"

克拉拉连忙用手捂住赫尔曼的耳朵,叫道:"那不是真的!"

"不是吗?"小阿诺德扬起下巴,脸上带着轻蔑的表情,"曼弗雷德叔叔是怎么回事?他死的时候只比我现在大几岁。你又怎么解释发生在我父亲身上的事?别再自欺欺人了,克拉森斯坦家总会发生各种怪事。"

"什么怪事?"虽然这个问题是哈里森问的,但他不是唯一向前探了探身子,想要听到答案的人。

"这座房子闹鬼，"小阿诺德答道，"又不是只有我这么想。爷爷也这么觉得，那个诅咒克拉森斯坦家族的女巫来找他了。"

"我敢肯定那不是真的。"纳撒尼尔舅舅试图安抚大家的情绪。

"一月份的一个风雨之夜，我们被一声撞击声吵醒。我们发现，爷爷的画像——原本和其他家人的照片一起被挂在长长的走廊里——正面朝下摔在了地板上，相框都被摔碎了。"

"也许是挂钩掉了。"奥利弗说道，但小阿诺德摇了摇头。

"我们看到她了。"

"看到谁了？"哈里森问道。

"那个诅咒克拉森斯坦家族的女巫。"

"谁看到她了？"纳撒尼尔舅舅问道。

"我们都看到了。妈妈、我、爷爷和康妮。"

"康妮是谁？"希尔达问道。

"爷爷的护士。有一天，她去山里远足，在她穿过树林回家的路上，山里起了雾，她迷路了，最后走到了一片空地上。她看到一块岩石上有老鼠的内脏，岩石后面站着一个戴着兜帽的可怕女人。"

哈里森放下餐叉，一时间胃口全无。

"根本就没有什么诅咒和女巫。"男爵说道。

"韦尼格罗德就有。"小阿诺德平静地答道。

"然后呢？"哈里森问道。

"然后就是最奇怪的事情了。那个女巫向后退了一步，然后就凭空消失了。"小阿诺德弹了弹手指，"康妮说她变成了雾。"

"没有人会凭空消失。"欧赞紧张地看了看自己的爸爸。

"这都是天气搞的鬼，"男爵说道，"还有过分活跃的想象力。"

"她当时正在施法，"小阿诺德并没有理会男爵的话，"也许她就是这样将爸爸引向死亡谷的。"

赫尔曼紧紧闭上眼睛，用手捂住耳朵，发出了一声哀切的叫声。

"小阿诺德，"克拉拉吼道，"够了！"她把椅子挪近赫尔曼，用双臂搂住了他。

"嗯，我们换个话题吧，"纳撒尼尔舅舅表示同意，"肯定是护士看错了。我觉得事情肯定会有一个合乎逻辑的解释。"

"是吗？但我也看到那个女巫了，"小阿诺德挑衅地说道，

"两次！"

"她想抓你吗？"欧赞问道。

"第一次看到她时，我正在帮阿克塞尔清理死亡谷的铁轨。因为大雪有时会导致落石，所以需要清理铁轨。我当时正弯着腰，把石头扔到铁轨外面，可我突然感到头顶上方有动静。我抬头一看，就在我们头顶的山上，有一个戴灰色兜帽的女人。她在监视我们。我眨了眨眼，她就不见了。"

"太可怕了！"欧赞说道。

"但是那有可能是任何一个人。"希尔达冷静地说道。

"几周后，我从朋友那里回家。当时天色已晚，我不想穿过树林，所以沿着铁路走过了死亡谷。我走得很快，但除了我的呼吸声和脚步声，我还听到了一种奇怪的吟唱声。我停下来仔细听了听。那是一个女人的声音，说着一种我听不懂的语言。她的声音听起来就像说话时嘴里塞满了弹珠一样。我蹑手蹑脚地循着声音走了过去，结果看到死亡谷上的那个骷髅头闪着幽灵般的光芒。"听到这里时，赫尔曼倒吸了一口冷气。"我没有看到任何人，但随着我继续朝奇怪的吟唱声走去……"小阿诺德的声音越来越低，几乎变成了耳语，大家都往前凑了凑，

"我心里感到一阵刺骨的寒意，就像被泼了一桶冰水，而那吟唱声也停止了。我感觉到身后有人。于是，我猛地转过身……哇啊啊啊！"小阿诺德突然瞪大了眼睛，身子往前一倾，大喊了起来。

哈里森被吓了一跳。

赫尔曼尖叫起来，克拉拉也倒吸了一口冷气。

希尔达跳了起来。欧赞惊叫着向后退去，结果从椅子上摔了下来。

小阿诺德的喊声变成了一阵狂笑。

"小阿诺德，你的行为太幼稚了。"男爵轻声责备道。

"你们真该看看你们脸上的表情，"小阿诺德指了指大家，笑得根本停不下来，"你们都被吓坏了！"

"你之所以决定要吓唬大家，"纳撒尼尔舅舅平静地说道，"是不是为了转移我们的注意力，免得我们发现你那天晚上确实看到了一个女人，然后被她吓得扭头就跑？"

小阿诺德的笑声戛然而止。哈里森看得出来，纳撒尼尔舅舅说对了。

纳撒尼尔舅舅看了一眼男爵，哈里森注意到他们交换了一

100

下眼神。

晚餐剩下的时间里，大家聊得很热烈，却没有什么特别的话题。哈里森急不可耐地想要把这一切画下来。他想画出小阿诺德傲慢的神情、阿尔玛慈祥面庞上的皱纹、美丽的克拉拉以及心神不宁的赫尔曼。他很想和舅舅谈谈女巫的事情，可吃完甜点后，大人们要求孩子们上楼去睡觉。

当他们起身离开时，小阿诺德朝他们吐了吐舌头。

"小阿诺德不跟我们一起来吗？"欧赞大声问道，"他的一举一动都像个孩子。"

"想去游戏室里玩游戏吗？"上楼时，希尔达低声提议道。

"我们能玩卡坦岛①吗？"赫尔曼看起来很高兴。

"我累了，"哈里森假装打了个哈欠，"我昨晚在火车上没睡好。我要去睡觉了。"向他们道了晚安后，哈里森并没有返回卧室，而是上了楼，进了楼梯旁的卫生间，并锁上了门。

他坐在马桶上，拿出小笔记本，将晚餐的场景画了下来。与此同时，他听到大人们陆续上床睡觉的声音。忽然，他听到楼下传来一阵声响。他从门缝望出去，希望能看到纳撒尼尔舅

---

① 一个深受玩家赞誉的思考策略游戏。

舅从楼下走过。可舅舅的身影始终没有出现，于是，哈里森决定下楼去找他。

餐厅里又黑又空。听到远处传来的一声咔嗒声，哈里森连忙走到窗前，悄悄打开了通向阳台的门。旋即，一阵冷风猛地拍打在他的脸上，他不由得倒吸了一口气。下方的街道上，一个人影被街灯映出了轮廓——纳撒尼尔舅舅走得很快，他的身影很快就被旁边建筑物巨大的阴影吞噬了。哈里森掏出他的小笔记本，画出了舅舅匆匆走进夜色的样子。

第十章

克拉森斯坦家的火车

哈里森睡过了头，等他醒来时，房间里已经是一片忙碌的景象了。其他人要么在穿衣服，要么在收拾行李。就在欧赞把枕头扔向希尔达时，奥利弗·埃森巴赫突然出现在了卧室的门口。

"欧赞，现在不是跟你姐姐闹的时候。送我们去火车站的巴士已经到了。你们加快速度，千万别落下什么东西。"

哈里森跳起来，匆匆穿上衣服，把睡衣一股脑地塞进箱子，并拉上了拉链。

"走吗？"希尔达一边说，一边拖着她的背包从哈里森的床尾走过。

"我得跟我舅……"哈里森连忙改了口，"我爸爸说些事情。马上下去。"

"别忘了你的眼镜。"欧赞指了指床头柜。

"不会的。"哈里森一边说一边戴上了眼镜，他心里暗暗责备自己竟然忘记了伪装的身份。他祈祷自己可别再犯这种错误了。

他匆忙跑到纳撒尼尔舅舅的房间，发现房门开着，舅舅背对着门站着，正在把一堆叠得整整齐齐的衬衫放进手提袋。床上放着他的那本《浮士德》——书脊已经裂开了，舅舅还在书里夹了一张纸作为书签。哈里森刚要进门，突然想起男爵的信还在自己的口袋里。于是，他连忙把它抽出来，偷偷塞进了纳撒尼尔舅舅挂在门后的外套的内侧口袋。

克拉拉从楼梯的拐角处探出了头，说道："我们都在楼下，该上车去火车站了。"

"我们来了。"哈里森应道。

"啊，哈里森，你的行李收拾好了吗？"纳撒尼尔舅舅拉上背包拉链，抓起外套，"好，我们走。"

哈里森想跟舅舅好好谈一谈："爸爸……关于昨晚……"

"现在没时间细说了，"纳撒尼尔舅舅低声说道，"我们今晚在克拉森斯坦庄园再说吧，等我们有私人空间的时候。"他与哈里森对视了一下。尽管觉得自己已经快要憋不住了，但哈里森还是点了点头。

在外面的人行道上，欧赞和希尔达正在玩耍。欧赞拿着希尔达的书，威胁说要大声读出最后一章的内容，给她剧透故事的结局。希尔达用手指堵住耳朵，大声唱着歌。身穿过膝黑色羊毛大衣的赫尔曼站在一旁，注视着他们。

"早上好，耳朵长在屁股上的家伙。"①小阿诺德一边说一边大步从哈里森身边走过，伸手揉了揉赫尔曼的头发。

"也许小阿诺德决定今天要表现得友善一些。"哈里森对欧赞说道。

"他刚刚说的是'早上好，耳朵长在屁股上的家伙'，"欧赞答道，"那是'笨蛋'的意思。"

"他不是个好哥哥。"哈里森看着脸色颇为难看的赫尔曼，

---

① 原文为德语。

106

不禁替他感到难过。

"所有的兄弟都很可怕。"希尔达瞪着还在挥舞着书的欧赞说道。

他们上了巴士,四个孩子坐在了后排的座位上。哈里森发现自己正好坐在赫尔曼旁边,"你期待坐火车吗?"他快活地问道。

赫尔曼摇了摇头。"火车会把我带向死亡,"他用悲伤的眼神看着哈里森,低声答道,"我被诅咒了。"

"赫尔曼,你不能相信那个诅咒。"哈里森轻声说道,"小阿诺德这个人很刻薄,他就是想让你生气。"

"他不是,"赫尔曼瞪大了灰色的眼睛,"你看不出来吗?他也被吓坏了。"

哈里森停顿了一下,意识到赫尔曼说的没错。"我会保护你,怎么样?"哈里森戳了戳欧赞,又看了看希尔达,"我们都会保护你的,赫尔曼,我们都是亲人。"

"对,"欧赞和希尔达连连点头,"当然了。"

赫尔曼抿着嘴勉强笑了笑。

抵达柏林中央火车站后,大家挤上了自动扶梯。哈里森习惯性地观察着周围的景物，柏林中央火车站那未来主义风格的建筑确实让人印象深刻：车站上方蓝色的玻璃屋顶高高拱起，就像是奔腾的浪花。

站台上空荡荡的，只有两个中年女人站在一个装着猫的篮子旁边。其中一个女人穿着藏青色的裤子和驼色的长外套，短短的黑头发紧紧地贴着她的深棕色皮肤。另一个女人脸色苍白，浓密的深色卷发中夹杂着些许灰发。她用珊瑚材质的发卡将头发别在了两侧耳后。她戴着金耳环，涂着紫色的眼影，身上穿着一件金色和黑色相间的衬衫，外面披着一件蓬松的浅绿色人造毛皮外套。她的脖子上至少还戴着五条长短不一、闪闪发亮的项链。她看起来非常古怪，就像是某些影视剧中会魔法的女人。

大家朝她们走去，哈里森注意到那个古怪的女人紧张地拉住了另外一个女人的手。

小阿诺德瞪着她们。"那两个傻女人上错站台了。"他一边说，一边朝她们大步走了过去。他扬着下巴朝她们大声喊道："你们在这里干什么？"①

---

① 原文为德语。

108

奥利弗一脸歉意地追上了小阿诺德。

"你们谁是克拉拉·克拉森斯坦？"^①那个古怪的女人问道，她用疑惑的眼神看了看阿尔玛，又看了看克拉拉。

"我是克拉拉·克拉森斯坦。"

女人松开同伴的手，上前一把搂住了克拉拉。"嫂子，请节哀顺变，"^②女人说道，"我是芙蕾雅。"^③

"芙蕾雅？"克拉拉眨了眨眼睛，"亚历山大的妹妹？"

芙蕾雅点了点头，说道："很抱歉我没能去参加你们的婚礼。如果当时我去了，现在的见面也不会显得这么突兀。"

"芙蕾雅小姑？"小阿诺德看起来有些困惑，"你要去韦尼格罗德？"

"是的，小阿诺德。"芙蕾雅一边回答，一边转过身，用手托住了他的脸颊，"我上次见你时，你还是个胖乎乎的婴儿。你跟你爸爸长得真像，不过我看得出来，你的下巴和那双眼睛像贝莎。"

"大家都叫我阿尼。"小阿诺德不情愿地说道。

---

① 原文为德语。
② 原文为德语。
③ 原文为德语。

109

"好，能再见到你真是太好了，阿尼。"她环视了一下四周，"为什么我们要说英语？"

"都怪我，"纳撒尼尔舅舅一边说，一边伸出一只手，"纳特·斯特罗姆，你的远房表弟。"他们握了握手。"我的德语不太好，啊，我儿子哈里森……"舅舅松开了手，指了指走到自己身边的哈里森，"也只会说几句德语。"

"芙蕾雅！"阿尔玛激动地喊道，一把抱住了她，"我们上一次见面的时候都还是孩子，你可一点儿也没变。"

那个短发女人一直站在芙蕾雅的身后，芙蕾雅侧头看向她，笑着向大家介绍道："阿尔玛，各位，这是拉妲，我最好的朋友。她陪我回来，将和我们一起过周末。"

"很高兴见到你，拉妲。"阿尔玛也拥抱了一下拉妲。

"噢，你能来我真是太高兴了，"克拉拉含着泪挽起了芙蕾雅的胳膊，"有个姐妹能一起去克拉森斯坦庄园真是太好了。"

哈里森看着站台上的几位女士，忽然意识到，克拉拉和赫尔曼一样害怕去克拉森斯坦庄园。

"看！它在这里！"欧赞大喊了一声。只见一个蓝色的方形火车头拉着三节老式车厢，缓缓驶进了站台。车厢很短，侧面

镶有深色的木板，四周还包裹着用来装饰的铁艺，其中的一节
车厢甚至还有烟囱。

　　"一列庞巴迪公司的 TRAXX 型火车。"纳撒尼尔舅舅赞赏

欢迎来到柏林

地小声说道。

"电动火车。"哈里森看到从火车顶部伸出来的受电弓与上方的电力线是连接在一起的。

"柴油和电力混动,从型号上看,应该是双电压型。这个火车头在哪里都能畅行无阻。"

"只要它们的车轮和轨距一致。"哈里森会意地补充了一句,纳撒尼尔舅舅哈哈大笑起来。

"是的,但我猜它肯定配了一套可变轨距系统,你只要让它穿过变轨器就行了。"

"车厢看起来非常古老。"

"大概是 20 世纪初的产品。木质结构加焊接钢的底架,外观非常好看。车厢很矮,因此可以在蜿蜒的窄轨山路上穿行。"

哈里森抑制住了自己想立刻把眼前的火车画下来的念头。两个穿着制服的人开始把他们的行李搬上最后一节车厢,火车司机则打开车门和小阿诺德聊了起来。这名司机身材魁梧,眉毛又厚又黑,胳膊和手上都长满了汗毛。他穿着一条炭灰色的工装裤,外套的扣子没扣,露出了里面的一件格子衬衫和一条红色的手帕。小阿诺德钻进驾驶室,坐在了司机旁边。哈里森感到了一丝忌妒。

"你怎么看芙蕾雅·克拉森斯坦？"哈里森小声问舅舅，"她好神秘啊，大家见到她时的神情都好奇怪。"

"她是亚历山大的妹妹，小时候跟家里发生过一些矛盾。男爵一定是出于礼貌才邀请她的。我猜大家都没想到她会出现。"

"这很可疑，你不觉得吗？"哈里森说道，"亚历山大死得那么蹊跷，他的遗嘱不见了，而她偏偏突然在这个时候出现了。"

"这确实很有趣。"纳撒尼尔舅舅表示同意，"走吧，我们最好赶紧上车，站台上就剩我们俩了。"

欧赞和希尔达在车厢门边向哈里森挥手。看到哈里森过来，他们一把抓住他，将他拉上了火车。

"这边走。"希尔达说道。

"你怎么半天没上来？"欧赞问道。

"我跟爸爸正在欣赏这列火车。"哈里森转过身，看到纳撒尼尔舅舅朝他挥了挥手，登上了下一节车厢。刚刚在站台上，有那么一瞬间，哈里森以为纳撒尼尔舅舅和自己终于可以讨论一下即将要调查的事情了，可他们的对话又被打断了。

"赫尔曼，为什么小阿诺德可以跟司机一起坐在驾驶室里？"哈里森一边问，一边跟着欧赞走进了一间装饰得像办公室一样的包厢。

"阿克塞尔·穆奇是克拉森斯坦庄园的园丁，"赫尔曼坐在沙发上答道，"他还负责打理爷爷的火车。他从小就住在庄园里。他妈妈以前就是管家，可她已经死了。"说完，赫尔曼把头扭向了窗外。

欧赞对哈里森和赫尔曼的话题并不感兴趣，他冲着哈里森做了个鬼脸，哈里森忍住没有笑出声来。

车厢突然摇晃了一阵，随后火车驶出了站台。当它从蓝色玻璃顶棚的遮蔽下钻出来时，晨光霎时间笼罩了整个车厢。火车逐渐提速，咣当咣当地从柏林的高楼大厦间穿过。

他们就这样踏上了前往克拉森斯坦庄园的路。

第十一章

贝拉多娜

从亚历山大·克拉森斯坦的私人火车就可以看出主人亚历山大是多么以家族的铁路事业为傲——火车上有供他在旅行期间工作的办公室。这间办公室有木制的百叶窗，墙上挂着不少庆祝德国铁路发展一百周年的老旧海报。每一张海报都经过了细心的装裱，再被牢固地钉在刷了清漆的木墙上。车厢中的原有部件都被拆掉了，地上铺着地毯，这里和常见的办公室差别不大。车厢的另一头摆着一张又沉又大的木桌，桌上放着一盏可调节亮度的台灯，以及一个99型蒸汽机车的铸铁模型。桌后是一把高背皮椅和一排整齐、高大的书架。书架中央挂着一幅亚历山大·克拉森斯坦的肖像。他看上去严厉、阴郁、孔武有力。哈里森觉得，无论自己站在这节车厢的哪个位置，那幅画上的亚历山大似乎都在盯着他。

孩子们面对面坐在两张沙发上。他们之间隔着一张桌子，上面摆着一套大理石做的棋子。哈里森注意到赫尔曼坐下时，特意选择了背对父亲肖像的位置。这使他突然意识到，就在八天前，亚历山大·克拉森斯坦还坐在这张办公桌前，乘着这趟列车安然无恙地前往克拉森斯坦庄园。一想到这里，哈里森便不禁打了个冷战。他把前额抵在车窗玻璃上，看着车窗外的农田飞驰而过。突然，铁轨旁边一个赭色的土堆样的东西吸引了他的目光，可当他发现那是一只死狐狸时，他连忙移开了目光。

"那是什么？"赫尔曼问道。

"没什么，"哈里森勉强挤出一丝笑容，"我想去看看这列火车的其他车厢。你能带我四处转转吗？"

赫尔曼迟疑了一下，接着摇了摇头。

哈里森瞥了一眼办公桌后面的那张空椅子，同时尽可能避开与那幅画中的人物的锐利眼神对视。看来，这列火车不仅让赫尔曼心烦意乱，也让哈里森感到害怕。他开始担心自己是不是真的会在克拉森斯坦庄园遭遇什么不测。

欧赞跳起来说道："我跟你一起去。"哈里森看了看欧赞，怀疑他是不是也觉得这节车厢让他有些不安。

"我跟赫尔曼留在这里吧。"希尔达说道。

"你想去的话，就跟他们一起去吧。"赫尔曼无精打采地说道。

"我不想去，"她举起手中的书，"我要在欧赞剧透前把它读完。"

"我现在就可以告诉你结局。"欧赞咧嘴一笑。

"还是说你想下盘棋？"希尔达没有理会弟弟的话，转头对赫尔曼说道。

"走吧，欧赞。"哈里森走到车厢门旁，一把打开了门。门外没有普通车厢那样通往下一节车厢的走廊，取而代之的是一个开放式过道。两个男孩愉快地对视了一下，紧紧地抓着栏杆朝对面的平台走去。风从他们的耳边呼啸而过，火车行驶的速度给他们带来兴奋的体验。

"这些车厢保养得真好，"欧赞大声说道，"它们都有一百多年的历史了，可在车厢里听不到嘎吱嘎吱的响声。"

他们走进了下一节车厢。一开门，温暖的气息与咖啡的香味便扑面而来。看到他们进来，车厢里的大人们都闭上了嘴巴。

哈里森觉得这节车厢很像是一间小木屋。一面棕色的墙上挂着一个目光呆滞的鹿头标本。房间的另一头是一个柱形的壁炉，烟雾顺着银色的烟囱爬向车厢顶。地板上铺着印有黄褐色与金色图案的厚地毯。

"嗨！"哈里森打了声招呼，并立即意识到他们进来得不是时候，大人们似乎正在讨论一些不想让他们知道的事情。他很想知道大家是不是在讨论葬礼的事。

离他们较远的那面墙边摆有两张软垫沙发。纳撒尼尔舅舅和奥利弗·埃森巴赫坐在其中的一张沙发上，阿尔玛和克拉拉则坐在另外一张上。男爵坐在一把粗短的木制扶手椅上。拉妲坐在靠近壁炉的一张扶手椅上，喝着咖啡。芙蕾雅则坐在拉妲脚边的地板上，抚摸着窝在自己腿上的那只黑猫。

"赫尔曼没事吧？"克拉拉问他们。

"他在跟希尔达下棋。"欧赞答道，"哈里森想在火车上转一转。"

哈里森一下子红了脸。

"哈里森，"芙蕾雅笑着说道，"在这个家里，我们每个人都是火车迷。你要是愿意的话，一定要好好看一下这列火车的各个角落。"

"谢谢。"哈里森感激地答道。他注意到芙蕾雅是这里唯

119

——一个看上去既不紧张也没有什么负担的成年人。芙蕾雅笑意盈盈地注视着哈里森，她的坦诚和爽朗让哈里森没有考虑太多的礼貌问题，他张口就问道："芙蕾雅，你相信传说中的那个诅咒和女巫吗，我是说克拉森斯坦庄园的诅咒？"

车厢里的人立刻就怔住了，大家齐刷刷地看向了芙蕾雅。

"相不相信诅咒和女巫？"芙蕾雅的声音有些沙哑，"这是个好问题。许多年前，克拉森斯坦家做过一件可怕的事情，并因此遭到了诅咒。"她停下来，深吸了一口气。"要问我相不相信诅咒可以杀人？"她若有所思地摇了摇头，"语言本身是不可能杀人的。"

"求你了，我们别谈那个诅咒和女巫的事情了，"阿尔玛双手交叉抱在自己胸前，"我母亲也是克拉森斯坦家的人。"

"别害怕，奶奶，"欧赞说着，从墙上的钩子上取下一根拨火棍，朝壁炉走了过去，"科学可以证明诅咒无法伤害你。"他打开炉门，戳了戳炉子里还亮着微微红光的炭块，然后往里面加了一根木头。

"诅咒伤害了我的亚历山大。"克拉拉小声地说道。

大家都低下了头，无言以对。

过了好一会儿，纳撒尼尔舅舅和奥利弗开始悄悄地交谈起来，不过他们用的是德语。由于没有空位子了，哈里森只好走到芙蕾雅旁边，坐在了地板上。在她身边坐下时，哈里森闻到了一股令人陶醉的混合了橙子和天竺葵味道的香味。

　　"这是什么味道？"他问道。

　　"我的香水味，"芙蕾雅答道，"你喜欢吗？"

　　"嗯，"哈里森点了点头，"你的猫叫什么名字？"

　　"贝拉多娜，意思是'美丽的女士'，反正它肯定觉得自己挺漂亮的。"

　　哈里森挠了挠贝拉多娜的下巴，它半闭着琥珀色的眼睛，转向了他。"它不介意坐火车吗？"哈里森问道。

　　"贝拉多娜不喜欢被丢下，我去哪里都会带着它。"

　　"贝拉多娜……"哈里森有些迟疑地看着芙蕾雅，"它的另一个意思是不是'颠茄'？[①]"

　　"真棒，哈里森，"芙蕾雅看上去非常高兴，"你是一名植物爱好者吗？"

---

① "贝拉多娜"是"belladonna"的音译，该词有"颠茄"和"美丽的女士"两个意思。

121

"不，我在电视节目上看到过对颠茄的介绍，"哈里森坦言，"它是一种危险的毒药。"

"是的，它会要人的命。"芙蕾雅点点头，然后神秘地向前倾了倾身子，"你知道吗，它也是女巫们用来调制飞行药剂的重要成分。"她扬起眉毛，粗声地大笑起来。贝拉多娜猛地缩了缩身子。"噢，天哪，我吓着你了吗？"她抚摸着它，语气轻柔地对它说道。

哈里森盯着芙蕾雅。拉妲嘘了一声，然后摇了摇头。"她特别喜欢开玩笑，"拉妲的声音洪亮，听起来却很柔和，"别往心里去。"

"我？开玩笑？"芙蕾雅把手放在胸前，假装很惊讶地张大了嘴巴。

哈里森哈哈大笑，芙蕾雅幽默的反应促使他大胆地提出了他真正想要问的问题："为什么大家看到你在这里都这么惊讶？"

芙蕾雅垂下手，闭紧了嘴巴。

"我……我是说，"哈里森一下子有些结巴了，他意识到自己问了一个敏感的问题，"你回来参加自己哥哥的葬礼没什么好奇怪的。"

很长一段时间的沉默后,芙蕾雅给出了答案,她缓缓说道:"我在克拉森斯坦庄园长大,那里就是我的家。"她看向别处,回忆起了另一段时光:"二十八年前,我弟弟曼弗雷德去世时,我妈妈悲痛欲绝。四年后,她也离世了。从那以后,我爸爸的控制欲变得极为强烈。亚历山大为了取悦我爸爸,全身心地投入家族事业,甚至还娶了我爸爸认为适合他的女人。"

"小阿诺德的妈妈?"

"贝莎。"芙蕾雅点了点头。

"亚历山大一直在努力承担起两个儿子的责任,"她叹了口气,"但我做的每一个人生选择都让爸爸无比失望。我对铁路不感兴趣,我喜欢植物——我想成为一名植物学家。我也不想嫁给爸爸介绍给我的男人。"她伸手拨弄了一下自己的头发。"有一天,我受够了这种令人窒息的日子,我告诉爸爸,我要追随自己的内心。"说着,她低下头,"他让我离开,永远别再回去。"过了好一会儿,她才重新抬起头看着哈里森的眼睛说道:"所以,我再也没有回去过。"

哈里森听到这番话大为震惊。

"可现在……" 芙蕾雅摸了摸贝拉多娜，"我觉得是时候回家了。"

"你爸爸知道你要回去吗？"

"不知道，" 她咽了口唾沫，似乎有些紧张，"但是，是爸爸写信告诉我亚历山大去世了，所以我认为他见到我会高兴的。毕竟，我是他唯一还在世的孩子。"

克拉森斯坦小站

"我的麻烦已经够多了，"芙蕾雅提高了嗓门，"去开始你对火车的探索吧！"她朝通向下一节车厢的车门点了点头，说道："厨房里有一台热饮机。"

哈里森站起身，扯了扯欧赞的袖子。两个男孩来到了第三节车厢。他们发现这是一间用银色和蓝色装饰的敞开式厨房和餐厅，里面的卡座旁边还有几扇门。哈里森随手打开其中的一扇门，发现里面是一间带淋浴的紧凑型卫生间。另外一扇门后是警卫室，他们的行李就放在那里。

"想喝些什么吗？"欧赞一边问，一边按了按那台高档热饮机上的一个按钮。

"热巧克力，谢谢。"哈里森答道，"你听到芙蕾雅说的有关她爸爸的事情了吗？"

"一点点。"欧赞对这个话题并不是很感兴趣，"嘿，你看，是马格德堡。"他指了指窗外，火车正缓缓驶过一个车站。"我们的行程已经过了一大半了。"欧赞边说边打开橱柜，找到了放杯子的地方，"我想知道他们允不允许我们玩铁路模型。爷爷说老阿诺德·克拉森斯坦从小就在打造铁路模型，在庄园里的各个房间里都能看到它们的身影。"

"你喜欢铁路模型吗？"

欧赞思考了一下回答道："我喜欢模型，但与火车无关。把世间万物都按比例缩小多酷啊！"他们走过去，坐在了卡座里。"有一次，我为希尔达的洋娃娃做了一个小房子，里面还有家具和各种物品。我按照洋娃娃的比例画好设计图，然后用盒子把所有东西做了出来。"说着，欧赞朝窗外望去，"如果老阿诺德平易近人的话，他或许会让我们给他的铁路模型加些东西。我可以给他建一座桥，那多有趣啊！"

但是，一种不祥的预感把哈里森的胃里搅扰得翻滚起来，冥冥之中，他总觉得这个周末绝对不会有趣。前方，阴沉沉的云层低低地盘旋在远处黑暗的山峰上。"那是……"他指了指窗外说道。

"哈茨山脉。"欧赞回答。

"你怎么看小阿诺德讲的诅咒故事？"

"来这里之前，爸爸就跟我们讲过克拉森斯坦庄园诅咒的事情。"

"他相信吗？"

"不信。"欧赞咯咯地笑了起来，"他之所以告诉我们这些，就是想让我们觉得来参加葬礼很刺激。希尔达喜欢侦探故事。爸爸告诉她老房子可能遭受了诅咒，不过，我们才不信什么诅咒和女巫呢！"说完，他哼了一声。

"你本来不想来的吗？"

欧赞一脸苦相地看着他，说道："谁愿意大过节的来参加一位不认识的亲戚的葬礼呢？"

"有道理。"

"我妈妈远在伊斯坦布尔工作，所以爸爸如果要来，就必须说服我们同意和他一起来。他非常想看看庄园里的图书室。"

"那里的图书室很棒？"

"克拉森斯坦家族的历史可以一直追溯到中世纪，正因此，庄园的图书室里有很多珍贵的古书。不过因为克拉森斯坦庄园是一座私人住宅，所以普通人很难看到那些书。"

"你爸爸是想看那些珍贵的古书吗？"

"他疯狂地迷上了一个叫歌德的已故作家。他认为歌德在写《浮士德》时，可能就住在克拉森斯坦庄园。这才是他想去图书室的真正原因。"

"《浮士德》！我舅……我爸爸在巴黎买过那本书。"话一出口，哈里森就暗自咒骂自己讲话太不注意了。

"那本书很无聊，"欧赞做了个鬼脸，"不过里面确实有女巫。书中说她们全都来到布罗肯山，与魔鬼开了一场邪恶的大派对。"

火车缓缓靠近哈茨山脉，哈里森瞪大眼睛盯着外面阴影笼罩的群山。他注意到连绵的山脉中有一座山顶平坦的山峰，这座山一面长满了深绿色的常青树，其他大部分地方都光秃秃的，他猜那就是布罗肯山。他眯起眼睛，看到了山顶上有一道闪烁的光芒，似乎是一盏红灯发出的。他问道："你能看见一盏红灯吗？就在那里，在那个山顶上！"

"那是信号站上的灯。"欧赞答道。

哈里森盯着那道光，闪烁的灯光仿佛具有催眠的效果，一时间让他入了迷。"你见过老阿诺德·克拉森斯坦吗？"

"没有，不过爷爷很喜欢他，而且爷爷是先认识的他，再认识的奶奶。我猜是老阿诺德介绍他们认识的。"

"他们是好朋友？"

"亚历山大去世后，是老阿诺德要爷爷来的。"

哈里森的脑子里充满了各种想法和疑问，他希望自己能和纳撒尼尔舅舅好好谈一谈眼前发生的一切。为什么没有人提到亚历山大·克拉森斯坦死时表情惊恐的事情呢？也许当他和欧赞进入车厢时，大人们正在谈论的就是那件事情。他们是怕吓到孩子们才讳莫如深吗？

火车在接近韦尼格罗德时开始减速，最后在一个变成红色的信号灯前停了下来。两辆红黑相间的蒸汽机车停在平行的侧线上，烟囱里冒着烟。哈里森出神地望着这些漂亮的火车头，感觉自己的心情顿时好了很多。

"那是布罗肯铁路，"欧赞说道，"是一条穿越群山的铁路。你真的很喜欢火车吗？"

"对，"哈里森微微一笑，"想必克拉森斯坦家族的基因已经把这一点刻在我的体内了。"

"那你可得小心，别被诅咒了！"欧赞故意用幽灵般的声音说道。接着，他们俩都笑了起来。

"我们要不要给赫尔曼和希尔达带杯热巧克力过去？"哈里森提议道。

"好主意。"欧赞跳起来，迫不及待地走到热饮机旁边，"我们最好快一些，要不了多久就要到站了。"

带着热饮穿过那个开放式过道可不容易，幸好火车暂时没有开动。赫尔曼和希尔达从他俩手中接过热乎乎的饮料后，露出了充满感激的微笑，这让他俩觉得这么做非常值得。

"赫尔曼的棋艺好得有些过分了，"希尔达抿了一口热巧克力说道，"这是我们下的第三盘，他已经连赢我两盘了。"

赫尔曼高兴得脸都红了。

信号灯变了颜色，火车继续向前驶去。看着窗外铺着鹅卵石的街道和气质古朴的房子，哈里森感到非常开心。跟随火车穿行于韦尼格罗德，就像回到了过去。这里的房子外形独特，用交叉木条装饰的外墙被刷上了丰富的色彩，芥末色、珊瑚色和黄色的房子随处可见，它们看起来就像是童话故事里的建筑物。哈里森想象着汉塞尔与格蕾特尔[1]从其中的一栋房子里走出来，一边走进树林，一边在身后撒下一地面包屑的场景。可故事后面的情节却让哈里森不由自主地打了个冷战——他们在树林里遇到了一个想要把他们吃掉的女巫。

小镇的另一边有一条河，河两岸都是巨石，巨石的后面是带有大花园的房子。哈里森发现，悬在火车头上方的电缆不见了，他意识到火车头一定是在红色信号灯那里切换到了柴油动力模式。

"就在那里，"赫尔曼指着山上一座哈里森肯定会称之为城堡的建筑物说道，"克拉森斯坦庄园。"

火车在布罗肯山的脚下蜿蜒前行。云层似乎变得越来越厚，越来越低。令人望而生畏的克拉森斯坦庄园出现了，它的正面是带着拱形窗户的石墙，中间则是一段突起的低矮方形门廊，哈里森猜想那里就是主入口了。主入口的右边，长长的建筑看起来像是一串连排别墅，它还向前延伸出了一部分。延伸出的这部分外墙上装饰着纵横交错的木条，与整座建筑物的风格不太一致，看上去好像是后来加建的。这幢森严的建筑物的后面是一个巨大的塔楼，它的四

---

① 《格林童话》中的人物。

个角上各建有一个锥形的角楼，每个角楼上都有两扇竖长的窗户，黑漆漆的窗户远远看去就像是两只茫然的黑眼睛。随着火车越来越接近克拉森斯坦庄园，邪恶凶险的气息似乎也越来越浓厚了。

火车沿着铁轨绕到了庄园的右侧，那里有一个扩建的温室。接着，哈里森便看到了一道拱门和一块写着"克拉森斯坦小站"的牌子。

"火车会停在哪里？"哈里森问道。

"里面。"在赫尔曼回答他的时候，火车进入了一条从地下横穿克拉森斯坦庄园石墙的隧道。

第 十 三 章

妻子与死亡

等火车钻出隧道，哈里森看到了一个铺着鹅卵石的庭院，以及一节从屋后延伸出来的小站台。在站台上等候他们的人中有一位老人，一头银发非常凌乱，看上去像极了一位疯狂的科学家，他正是老阿诺德·克拉森斯坦，他坐在轮椅上，腿上盖着一条毯子。他的护士康妮站在轮椅的后面，白衬衫外面套着一件开襟羊毛衫，一头金发被整整齐齐地别在了耳后。在他们的旁边，站着一个其貌不扬的女人。她眉毛高挑，穿着浅色的套装裙。此时此刻，她正紧紧地抿着嘴唇，打量着火车，两只外凸的眼睛使她的神情显得极为冷峻。

火车停了下来。小阿诺德跳下火车，朝那个穿套装裙的女人跑了过去。她伸出双臂拥抱小阿诺德的行为证实了哈里森的猜测：她就是贝莎——亚历山大的第一任妻子。随后，哈里森看见小阿诺德在他妈妈的耳边嘀咕了几句，贝莎一下子僵住了。

"你家里居然有一个火车站？"欧赞问赫尔曼，他显得大为惊讶。

"这不是我家。"赫尔曼嘟囔道。

纳撒尼尔舅舅和克拉拉走进他们的车厢。

"大家都还好吧？"纳撒尼尔舅舅问道，"准备好下车了吗？"

克拉拉用胳膊揽住赫尔曼的肩膀，大家陆续下了火车。老阿诺德亲吻了克拉拉的手，然后从赫尔曼的耳朵后面变戏法似的掏出一枚硬币，微笑着递给了他。纳撒尼尔舅舅走上前，与老阿诺德握手，并用德语向他表示哀悼，向他介绍自己和哈里森——纳特·斯特罗姆与哈里森·斯特罗姆。

芙蕾雅是最后一个从火车上走下来的人，她的出现让老阿诺德大吃一惊，老人脸上调皮的神情瞬间荡然无存。芙蕾雅的手紧紧地抓着装贝拉多娜的篮子，她紧张地笑了笑："嘿，爸爸。"

老阿诺德张嘴想要回应，可什么也没有说出口。芙蕾雅把

克拉森斯坦小站

手中的猫篮子递给拉妲，随手接过了老阿诺德的轮椅。老阿诺德转过头，盯着女儿的脸仔细地看。

男爵巧妙地插了进来，他提议让贝莎领大家进屋。贝莎原地向后转了个身，没好气地吼了一句："跟我来！"就在一行人跟着贝莎慢慢走进屋时，哈里森注意到康妮看起来有些不知所措。她从轮椅旁让开，先是盯着纳撒尼尔舅舅看了看，然后又看了看芙蕾雅。看起来一时间她不知道自己是应该继续和老阿诺德待在一起还是离开。

他们进到了会客厅。这是一个很大的空间，屋顶很高。厅里除了厚重的金色窗帘外，整体以灰绿色调为主。大块石头砌成的壁炉里炉火燃得正旺，会客厅四周的墙壁上挂着许多用作装饰的弓箭、战斧等兵器。

贝莎推开了一扇门，这扇门的一侧门框旁，是一头固定在木板上的长着獠牙的野猪标本，另一侧门框旁则悬挂着一副盔甲。他们走了进去，房间里面摆着一张大大的宴会桌。贝莎调整了一下餐具的位置，加了两把椅子。

芙蕾雅把父亲推到了桌子的上座，随后坐在了他的旁边。她弯下腰，把贝拉多娜从篮子里抱出来，放在了自己的膝盖上。

137

从餐桌上摆放的座位卡来看，贝莎已经提前把克拉拉和赫尔曼从上座旁的右边位置移开了，但从克拉拉的表情来看，她似乎对此并不在意。哈里森走到一张写着"哈里森·斯特罗姆"的座位卡前，坐在了椅子上。他注意到桌子周围有一圈微型铁路模型，于是，他四下看了看，想知道奔驰在这条"铁路"上的"火车"在哪里。

"在我们开动之前……"等大家落座后，老阿诺德说道，"我想感谢大家不辞辛劳来到这里。"他环视了一圈桌子，与每个人对视了一下。"这是我们家族的悲伤时刻……"他边说边握住芙蕾雅和贝莎的手，"但我们还拥有彼此，我们将聚在一起，共同追思亚历山大。"

贝莎皱起眉头，咬着嘴唇，试图控制自己的情绪。然后，她用德语大声下达了一道命令，声音大得把哈里森吓了一跳。一个看上去有些胆小的女人端着盘子匆匆走了进来。很快，每个人的面前都放了一个盘子，盘子里都有一大块猪蹄，上面插着一把刀，猪蹄旁摆着土豆饺子和一些卷心菜丝。

"德国烤猪蹄是我的最爱，"看着面前的菜，纳撒尼尔舅舅冲着贝莎笑了笑，"这看起来很好吃。"

"土豆饺子是我们家的拿手好菜。"贝莎自豪地说道。

随着一阵高亢的嘟嘟声，一个火车模型从房门上方的一个墙洞里开进来，沿着房梁上的一组轨道模型绕着房间转了一圈。这列"火车"的车厢里装满了各种精选的芥末、调味料和酱料，车尾的料斗里还盛了一盘黄油。所有人都抬起头，看着"火车"驶向一个交叉口，并最终停在了那里。紧接着，"火车"所在的那段铁轨模型顺着钢丝绳缓缓下降，严丝合缝地插进了桌子上的一个凹槽里。

"真酷！"欧赞叫道。

"火车"嘟地响了一声，然后慢慢地沿着桌子上的环形轨道模型行驶起来。

"请大家自便。"看着客人们脸上惊讶的表情，老阿诺德露出了颇为得意的表情。

"噢，爸爸，"芙蕾雅动情地说道，"你一点儿也没变。"

哈里森拔出猪蹄上的刀子，大口吃了起来。烤猪蹄的肉质很嫩，表皮又咸又脆。饺子像海绵一样吸收了汤汁，搭配上用盐、醋和黑麦籽调味的德国泡菜，简直太美味了。哈里森实在是太饿了，以至于他都没有注意到桌子的另一端爆发了一场争吵。

克拉拉和贝莎语气僵硬地用德语小声交谈着，虽然哈里森听不懂她们在说什么，但两个人对彼此的厌恶显而易见。渐渐地，桌边的其他人都注意到了她们的对话，大家纷纷闭上了嘴。

贝莎又说起了英语："城里来的人可真是难以取悦啊！"她的语调听起来十分尖刻。与此同时，她的左鼻孔抽动了一下，似乎是在努力憋住一声冷笑。

沃尔夫冈·埃森巴赫男爵

阿尔玛·斯特罗姆

纳撒尼尔·布拉德肖

哈里森·贝克

康妮·穆勒

芙蕾雅·克拉森斯坦

阿诺德·克拉森斯坦

拉妲·罗斯

贝莎·克拉森斯坦

小阿诺德·克拉森斯坦

赫尔曼·克拉森斯坦

克拉拉·克拉森斯坦

奥利弗·埃森巴赫

希尔达·埃森巴赫

欧赞·埃森巴赫

阿克塞尔·穆奇

"但我们一向是住在亚历山大的房间，"克拉拉答道，她看起来很失落，"我是他的妻子……"

"康妮现在和我们住在一起。"虽然贝莎把话题转向了与阿克塞尔一起坐在桌尾位置的康妮，但她的眼神一刻也没有从克拉拉的身上移开。"她住在曼弗雷德以前的房间，"贝莎继续说道，"她必须离老阿诺德更近一些，他需要她。我儿子住在芙蕾雅以前的房间，如果芙蕾雅想挨着她爸爸住，那她就必须住在亚历山大的房间。"说完，她朝芙蕾雅笑了笑，看起来尖酸而刻薄。

"噢！"芙蕾雅看上去有些苦恼，"我倒不介意住在哪里。我知道，你们没想到我会回来。"

"亲爱的，"老阿诺德的语气非常温柔，他把长满老人斑的手放在芙蕾雅的手上，"已经二十年了。你可以住在家庭活动室里。"

"我也是亚历山大的妻子，"贝莎说道，"我就住在仆人的房间。蓝色的房间是我们最好的客房了，对你来说还不够好，是吗？"她挑衅地望着克拉拉。

"它在房子的另一边，"克拉拉无助地望着贝莎，"赫尔曼和我离家人们太远了。我担心的是他。"

"你完全不用担心赫尔曼，"贝莎答道，"所有孩子将一起住到塔楼里。"

"不！"克拉拉气急败坏地回应道，"赫尔曼要跟我住在一起。"

"赫尔曼难道不愿意和他同辈的兄弟姐妹们住在一起吗？"贝莎的眼睛里流露出不屑，"玩耍可以帮他分散注意力，免得他总想着……悲惨的事情，你不觉得吗？"

克拉拉皱起眉头，转向赫尔曼，问道："你想和你同辈的兄弟姐妹们睡在塔楼里吗？"

赫尔曼紧张地看了哈里森一眼，用几乎听不见的声音说道："我觉得和他们待在一起挺好的。"

克拉拉看起来一下子泄了气，不过她还是点了点头。

"要安顿好这么多人可不是一件容易的事情，而且……事出突然，"贝莎的声音低沉下去，她清了清嗓子，用餐巾擦了擦眼睛，"我已经尽力了。"

"你已经做得很好了，贝莎，"男爵安慰她道，"你为我们准备了一顿丰盛的欢迎宴。"大家纷纷低声表示同意，但克拉拉紧闭双唇，放在桌上的手微微发抖。哈里森望着桌子对面的希尔达和欧赞，能有机会睡在塔楼里，他们似乎和他一样激动。

"明天，"男爵说道，"据我所知，我们将和亚历山大的遗体告别了。"

贝莎点点头。"是的，明天，亚历山大的遗体将被安放在车站的送葬列车上，"她的下嘴唇颤抖了一下，但随后，她又咬紧牙关稳住了自己的情绪，"届时，你们每个人都有时间进行最后的哀悼和告别。"

第十四章

童塔

吃完饭后，大家陆续回到会客厅。经过那副盔甲时，哈里森趁机掀开它的头盔，往里面看了看。

"阿诺德，"贝莎示意儿子小阿诺德到自己的身边来，然后轻声细语地说道，"为了不让女巫靠近，我们把火都点起来了，别让火灭了。"

"你们听到了吗？"希尔达小声对哈里森和欧赞说道，"贝莎告诉小阿诺德，为了赶走女巫，所有的火都已经点燃了。她相信那个诅咒！"她的黑眼睛闪烁着激动的光芒。

哈里森看着火焰舔舐着壁炉里的木柴。不管有没有诅咒，他很高兴炉火还在熊熊燃烧，山里确实很冷。

"现在，阿诺德会带孩子们去塔楼，"贝莎大声宣布道，"我带你们去各自的房间。"

"贝莎，我想在家里转一转。"芙蕾雅一边说，一边向贝莎走去，"别操心我和拉妲的背包了，晚些时候我们自己拿回房间，我知道位置。"

芙蕾雅的话让贝莎的表情一下子变得阴沉了许多。她不喜欢任何人偏离她的计划。"你为什么在这里？说吧，芙蕾雅，"她用低沉却十分清晰的声音问道，"你都没参加亚历山大的婚礼，为什么要参加他的葬礼？现在他死了，也许你很高兴？"她扬起眉毛，神色严厉起来。

"噢，贝莎，你可太贴心了，"芙蕾雅嘲笑道，"亚历山大为什么离开你跑到柏林去，这对我来说可真是个谜。"她一把拉住拉妲的手说道："走，拉妲，我带你去看看柑橘园。"

小阿诺德把孩子们叫到了一起："好了，你们这帮讨厌鬼。往这边去童塔①。"

---

① 此处小阿诺德说"童塔"这个词时，用的是德语。

"童塔是什么？"哈里森问希尔达。

"就是给孩子们用的塔楼。"

小阿诺德领着他们穿过房间，走出另一侧的房门。"这段楼梯通往二楼——爷爷的房间和家人们的卧室。那边还有一段楼梯，你们可以从那里上到童塔，"他按了墙上的一个按钮，"或者搭爷爷的电梯。"

他们排着队依次走进了电梯。由于大家都带着自己的行李，所以电梯里显得十分拥挤。不过，他们挤了挤，调整了一下位置，终于让电梯顺利地关上了门。当电梯门再次打开时，一段冰冷的石头走廊出现在他们眼前。走廊的右边是一段楼梯，正前方则有一扇橡木门。小阿诺德走过去拧了拧门上的铁环把手，木门旋即打开，一股暖流扑面而来。孩子们一窝蜂地涌进房间，紧接着便你一言我一语地聊了起来。

"啊，温暖的炉火！"希尔达指着炉火，意味深长地看了哈里森一眼。

"我睡这张床！"欧赞大喊一声，径直跑向房间一侧的一张架床旁，快手快脚地爬上了上铺。

"我要这张床。"希尔达说着，扑倒在一张铺着拼布被子的双人床上。

"你想睡哪里？"哈里森问赫尔曼。

赫尔曼犹豫了一下，然后指了指欧赞下面的床铺。这样一来，离壁炉最近的单人床就是哈里森的了。

"上面有什么？"哈里森指着房间里一段通向屋顶的螺旋形楼梯问小阿诺德。

"电视和电子游戏。"

哈里森看了欧赞一眼。两个人对视了一下后，不约而同地向楼梯走去。赫尔曼也跟着他们走向楼梯。

"你们搞坏了任何东西，都是要赔的！"小阿诺德冲着他们的背影喊道。

当他们爬上楼梯，打开房门时，哈里森一眼就看见了三张被随意扔在地板上的懒人沙发，沙发的前面是一台布满灰尘、连着老式游戏机的电视机。环绕整个空间的书架上摆放着许多破旧的图书，以及一些拼图和棋盘。哈里森注意到，书架的最上面摆放着一个铁轨模型。

"哇，老阿诺德的火车居然可以沿着铁轨一路开到这里！"哈里森为自己的发现激动地大声喊道。欧赞已经打开了游戏机。

赫尔曼则一边拖着一张懒人沙发朝欧赞走去，一边兴奋地用德语说着什么。这里远离炉火，很冷，估计温度很低。哈里森发现塔尖黑暗的角落挂满了蜘蛛网，而横梁上一些黑色的块状物体则让他感到有些困惑。

　　角楼的窗户前摆放着一个十分逼真的带有岩石、树木和灌木丛的山体模型。一条铁路隧道贯穿了这个模型，这条隧道将书架顶上的那个铁轨模型和这个模型连接了起来。哈里

森很想看看这个模型的具体结构，于是，他在山体模型和窗玻璃之间的空隙间上下左右地查看起来。令他吃惊的是，他居然发现了一盏嵌在模型里的红色铁路信号灯，而这盏灯正对着窗户。

哈里森俯下身，仔细检查着这盏灯。他发现隧道里有一个开关。他从口袋里取出钢笔，把钢笔小心地伸进隧道，按下了开关。没想到，这盏红色的铁路信号灯居然亮了！哈里森咧嘴一笑，为自己发现了其中的奥秘而感到兴奋。

关上灯后，哈里森转向欧赞和赫尔曼，发现他们俩正专心地玩格斗游戏。所以他又下了楼梯，看见希尔达正拿着书蜷缩在床上。

"小阿诺德呢？"

"坐电梯走了。"希尔达头也没抬地答道，"对了，小阿诺德说了，如果想上厕所的话，洗手间在那边。"她指了指螺旋形楼梯后面的一扇门。

"你不想到楼上看看吗？"

"不想，"她抬起头，"小阿诺德说蝙蝠会在塔楼里冬眠，它们有一扇可以随意进出的小门。我不喜欢蝙蝠。"她朝哈里森扬了扬手中的书，继续说道："这本书我正看到有意思的地方——柏林的孩子们摇身一变，全都成了侦探。现在，他们正在帮埃米尔寻找在火车上偷他钱的人。"

找不到和自己一起参观的小伙伴，哈里森只好独自依次查看完了其余的角楼。他每走过一扇窗户时，都要透过窗户向外认真打量，以确定自己的方位。

最后，他回到房间，站在窗户前，凝视着窗外的轨道。轨道穿过了庭院，继续向另一边延伸。它先经过了火车棚，然后弯弯曲曲地向山上爬升。当哈里森的视线顺着铁轨的方向延伸并落到某个点时，他倒吸了一口凉气。

"怎么了？"希尔达问道。

"死亡谷。"他小声说道。

希尔达走到他身边。"小阿诺德就是在那里看到女巫的？"她小心翼翼地问道。

"亚历山大就是在那里死……"

"……死于心脏病……"

"……还被吓得面部表情都扭曲了。"

"什么？"

哈里森望着希尔达那双充满疑问的黑眼睛，心里一阵懊悔，他说漏嘴了，其他人并不知道亚历山大死亡的细节。"你不能告诉赫尔曼，"他惊慌地小声说道，"我本来什么都不该说的。如果这会让你做噩梦，我很抱歉……"

"噩梦？"希尔达轻蔑地说道，"我又不是只有6岁！他为什么被吓得面部表情都扭曲了？"

"你必须发誓不告诉任何人！"

"我发誓。"希尔达手指交叉放在胸前，压低了声音，"他是被女巫杀死的吗？"

"大人们认为他是被吓死的。"

"真的？"希尔达看上去非常兴奋，"你是怎么知道的？"

由于一时间编不出更好的谎言，哈里森只好和盘托出："我有时候会在门口偷听！"

"我也是！"希尔达咧嘴一笑，"如果你想成为一名侦探，有时候就不得不这么做。"

"一名侦探？"

"对。等我长大了，我要当一名侦探。我很喜欢读悬疑类的书，因为现实中从来没有出现过真正需要我去解决的谜题。也许这次的事情就是一桩真正的谜案！"她越说越激动。

哈里森很想告诉希尔达，自己就是一名侦探，而且他已经在着手调查这个案子了，可他知道自己什么也不能说。他担心如果他们继续聊下去，自己可能又会说漏嘴。而且他也很想和纳撒尼尔舅舅待在一起，按照两个人之前的约定好好谈一谈。于是，他开口说道："我得下楼去找我爸爸。"

"睁大眼睛寻找蛛丝马迹，"希尔达说着，重新回到床上，继续看起了她的书，"我也会的。"

哈里森把小笔记本和钢笔塞进了裤子口袋。他本就准备好了在去找纳撒尼尔舅舅的途中搜寻一下线索。

因为小阿诺德是乘电梯下的楼，因此，哈里森选择了由步行楼梯下楼。他顺着楼梯来到二楼铺着地毯的楼梯平台上，透过一扇开着的门，看到小阿诺德正在一间凌乱的房间里，随着摇滚音乐不停晃动着脑袋和身体——这里应该就是克拉拉想要住的家庭活动室。哈里森琢磨了一下，他觉得如果自己要在房子里寻找线索，那他就应该先画一张房屋平面图。于是，他拿出了小笔记本和钢笔。

忽然，一阵嗡嗡的响声传来。哈里森抬头一看，只见一辆客运列车模型正沿着他头顶上方的轨道模型驶过。这让哈里森一下来了兴致，他一路跟着小火车，看到它穿过一段位于墙上的隧道，并消失在了墙的后面。他发现这面墙装饰有一幅很大的油画，墙上有一扇很不明显的门，他想都没想，一把推开了这扇门。进去后，他赫然发现自己来到了一个满是铁路模型、恍如梦境般的空间。

房间里的轨道模型用微缩的隧道和桥梁把一张张布置有微缩景观的桌子连成了一个巨大的迷宫。十多个火车模型在这些微缩景观中呼啸而过。这个空间里的一切都逼真地再现了真实的场景：在起伏的田野上，孩子们在向一列经过十字路口的蒸汽火车挥手致意；黄色的地铁在城市模型上方的高架桥上嘎吱作响；工人们在采石场的栅栏边休息，旁边的一个火车头正拉着一串装满微小岩石的料斗车。在一条侧线上，哈里森发现了那列装有各种调味品的火车。它就停在一段隧道的旁边，而这段隧道正好通往地板上的一个洞。看到这里，哈里森忽然意识到这个房间就在餐厅的上方。

"很棒，对吧？"老阿诺德的声音响了起来。

哈里森吓了一跳。他没有注意到身后开门的声音，也没有听到老阿诺德的轮椅滚进来的声音。"对不起，先生，"他脱口而出，并意识到自己误入了老人的私人空间，"我不是故意要……"

"没关系，孩子，"老阿诺德笑了起来，打量着哈里森，"你是第一个自己找到这个房间的人。你一定很有探险精神。你喜欢火车吗？"

哈里森点了点头。

"我猜你肯定喜欢。"老阿诺德说道。

"老阿诺德，你又在玩你的火车吗？"外面传来康妮温柔的责备声。护士微笑着走进房间，向哈里森伸出一只手，"请原谅，我忘记你叫什么了，我是康妮·穆勒。"

哈里森握了握她的手，说道："哈里森·斯特罗姆。"

"很高兴见到你，哈里森·斯特罗姆。我希望你不要介意，现在是老阿诺德先生的午睡时间，我的工作就是盯着他好好睡觉。"她往前倾了倾身子，"要是没睡午觉的话，他就该闹脾气了。"

"给我五分钟时间，我要跟哈里森聊一聊，"老阿诺德说道，"然后我就来。"

"你可得看着时间哟，哈里森，"康妮一边说，一边冲他眨了眨眼睛，"老阿诺德一说起火车可就会没完没了。"

　　哈里森咧嘴一笑，说道："我们不会聊很久的。"

　　"过来仔细看看。"老阿诺德说着，摇着轮椅来到位于桌子和窗户之间的一处过道上，指了指窗户和桌子，"这是我最喜欢的地方。在这里，我可以看到我的火车，大的和小的都能看到，这个房间是克拉森斯坦庄园铁路模型的起点和终点。"

　　哈里森走过去，站在他的身边，望着窗外。他刚刚看到的那个火车头已经开走了，阿克塞尔此时正仰面躺在一节车厢的下面。

　　"阿克塞尔在干什么？"

　　"分离车厢。通往布罗肯山的是窄轨铁路，他得让列车转轨进入火车棚，再更换转向架。周一，我们的 99 型火车头——那款老式的蒸汽火车头——将把送葬列车拉上山。它已经在我们家服役一百多年了。"老阿诺德叹了口气，沉默了一阵，"比自己的儿子们活得还要久真是一件可怕的事情。"

　　哈里森很想说些安慰他的话。可他思来想去，只挤出来一句："我很抱歉。"

"我也是。"老阿诺德悲伤地点了点头，盯着哈里森身后的死亡谷。"她想要的是我。"他轻轻地摇了摇头说道。

"谁？"哈里森低声问道。

老阿诺德眨了眨眼，勉强挤出了一丝笑容。"你可以让阿克塞尔带你去看看蒸汽火车头。他英语不好，但他能听懂你在说什么。"他把轮椅转了个方向，"我得走了，不然康妮会来骂我们了。好好享受这栋房子和这里的火车，哈里森。不要让成年人阻止你们玩耍。"他摇着轮椅出了房门，很快又折了回来，对哈里森说道："看看你能不能让赫尔曼笑一笑。"

门关上了，哈里森像是脚底生根了一样站在原地，他的耳边全是火车模型运行时发出的声音，老阿诺德的话还在他的脑海里回荡："她想要的是我……"

他说的是女巫吗？

遗嘱之争

康妮见过女巫，贝莎害怕女巫，老阿诺德认为女巫是冲他来的。克拉森斯坦庄园的所有人都相信女巫的诅咒吗？

哈里森在自己绘制的房间平面图上标出了老阿诺德铁路模型所在的房间，然后穿过对面的房门，来到了一条走廊上。他不是很确定去客房的路该怎么走，但他转念一想，四处打探一下或许也是个寻找线索的好办法。

这条走廊非常狭窄，左侧有三扇门。哈里森先往走廊的尽头看了看，确认没有人后，他径直打开第一扇门，冲了进去。

进门后，他发现这是一间浴室。

第二个房间是一间十分整洁的卧室，梳妆台上只有一把梳子和一罐面霜，床头柜上放着一张镶着银框的全家福照片。他走上前仔细看了看照片，立刻意识到这是谁的房间。他的心怦怦地跳着，仿佛在警告他不要被人抓住。照片里，年轻的贝莎正仰头对着亚历山大微笑，小阿诺德站在他们中间，拉着他们的手。照片上的贝莎看起来美丽大方、幸福感满满。

走廊左侧的第三个房间则是一间没有什么特色的客厅。里面有一张沙发、一台和塔楼里的电视机一样陈旧的电视机，还有一个餐具柜。柜子里摆着一台咖啡机和两个杯子，其中一个杯子里还放着几块糖。房间里既没有书，也没有杂志。窗户下面有一张窄小的书桌。书桌的一个抽屉边缘露出了一张纸的一角——看样子，最后一个关上抽屉的人走得很匆忙。

哈里森刚朝桌子迈了一步，就听到了一阵穿高跟鞋走路时发出的咔咔声。他要被抓住了！他向后一跳，急忙跑回走廊，结果迎面撞上了贝莎。

"你在干什么？"贝莎厉声问道。

"噢，谢天谢地，克拉森斯坦夫人，"哈里森激动地说道，

"我在找我爸爸的房间，可我迷路了！"

贝莎的表情缓和了不少，但她没有笑。"你父亲的房间在那边，"她指了指自己的身后，"最里面，右边第三个门。"她停顿了一下，喃喃道："哈里森·斯特罗姆……"

"嗯？"哈里森的心脏剧烈地跳动着。

"我知道你父亲为什么来这里，"她身体前倾，鼻尖几乎贴到了哈里森的脸上，"他可不是来吊唁亚历山大的。"

哈里森盯着贝莎·克拉森斯坦变得气呼呼的脸，努力想说些什么。

"你告诉他，我知道他想要什么，但他绝对不可能得逞。"她一把推开哈里森，走进房间，关上了门。

哈里森很想知道贝莎这段奇怪的警告到底是什么意思。难道她知道他们的真实身份？他可不这么认为，但她似乎认为纳撒尼尔舅舅来这里有什么不可告人的动机。她对所有人都心怀戒备，不仅如此，她对芙蕾雅和克拉拉的厌恶表现得非常明显，哈里森怀疑这会不会是因为她们威胁到了她作为克拉森斯坦家族曾经的一员在家里的地位。

哈里森来到贝莎刚刚跟他说的房间门口，敲了敲门，可没有人回答。他感到有些沮丧，顺手转了转门把手，没想到门却开了。

纳撒尼尔舅舅的旅行袋搁在床上，拉链并没有拉上，他的东西全都散落在床上。哈里森走进房间，拿起他们在巴黎买的那本《浮士德》，翻到夹着一张纸的那一页，发现纳撒尼尔舅舅在几行台词旁边做了个记号。

Up Brocken mountain witches fly,

When stubble is yellow and green the crop.

Gathering on Walpurgis night,

Carrying Lucifer aloft.

Over stream and fern, gorse and ditch,

Tramp stinking goat and farting witch.[1]

书里夹着的那张纸上写满了潦草的字母和数字，看起来很像是纳撒尼尔舅舅在寻找某种填字游戏的线索，可哈里森根本没看明白。于是，他将纸放回原处，并把书放回了床上。

他敲了敲对面房间的门，阿尔玛打开了房门。

---

[1] 中文大意为"女巫们走向布罗肯山，残梗黄，新苗青，沃尔珀吉斯之夜齐相聚，山顶高坐路西法。翻过溪流和青蕨，跨过荆豆和沟渠，山羊臭气熏天，女巫放屁。"

"你好，哈里森。"她把头探过哈里森的肩膀看了看，估计是以为自己的孙子和孙女会和哈里森在一起，"欧赞和希尔达表现得还好吧？"

"他们在塔楼里，欧赞在和赫尔曼玩电子游戏，希尔达在看书。我在找我的……"说到这里，他忽然记起阿尔玛知道他的真实身份以及他正在做什么，他的脸上一阵发烧，"舅舅。"

"他跟沃尔夫冈和奥利弗在书房。"

"书房在哪里？"

"在这幢房子的前面部分。"阿尔玛看了一眼哈里森的小笔记本，"你在调查吗？我能帮上什么忙吗？"

"我正在画这栋房子的布局图，"他指了指对面的一扇门，"那是谁的房间？"

"奥利弗。克拉拉的房间在房子前面部分书房的隔壁。"

"为什么克拉拉不愿意住在前面呢？"

"克拉拉一直和亚历山大住在这幢房子里属于家人们的区域。现在亚历山大走了，贝莎利用芙蕾雅突然到来的理由把克拉拉安排在了房子前面给客人们用的区域。这就好像在暗示，她已经不再是这个家庭的一员了，"阿尔玛摇了摇头，"贝莎忌妒克拉拉，因为亚历山大爱上了她。"

"既然贝莎和亚历山大离婚了，那她为什么还住在这里？"

"她和亚历山大早在十几岁时就被父母撮合在了一起。他们很早就结了婚，然后便一直住在这里，后来还生了小阿诺德。随着他们婚姻的破裂，亚历山大待在柏林的时间越来越长，直到有一天他公开宣布自己爱上了克拉拉，并且要住在那里。贝莎崩溃了，她爱亚历山大，这一点时至今日都没有改变。老阿诺德很同情她，允许她继续和小阿诺德一起住在这里。我想亚历山大原本是希望等小阿诺德 18 岁成年后，贝莎便会自行离开。可老管家去世后，贝莎接过了管家一职，开始自食其力，老阿诺德也同意她可以住在这里。这也是亚历山大和他父亲争吵的原因。但老阿诺德说，贝莎一直很照顾他，而且她是他孙子的母亲，如果贝莎自己不想离开，谁也不能让她走。"她停顿了一下，"我想这就是亚历山大雇用康妮的原因。"

"是亚历山大雇的康妮？"

阿尔玛点了点头："为了表面上显得这里不需要贝莎。"

"噢！"哈里森回想起自己看到的那张镶在镜框里的全家

克拉森斯坦庄园

二楼

老阿诺德的浴室

老阿诺德的房间

贝琪的浴室　贝琪的卧室　贝琪的客厅

老阿诺德的铁路模型室

费蒂薇雅和拉姆的房间

小阿诺德的房间

康妮的房间

储藏室

书房

储藏室

客用浴室

音乐室

书房

男士吸烟室

卫生间

1. 客房：克拉拉的房间
2. 客房：纳撒尼尔和莎莉的房间
3. 客房：奥利弗的房间
4. 主人套房：男爵和阿尔玛的房间
5. 卫生间

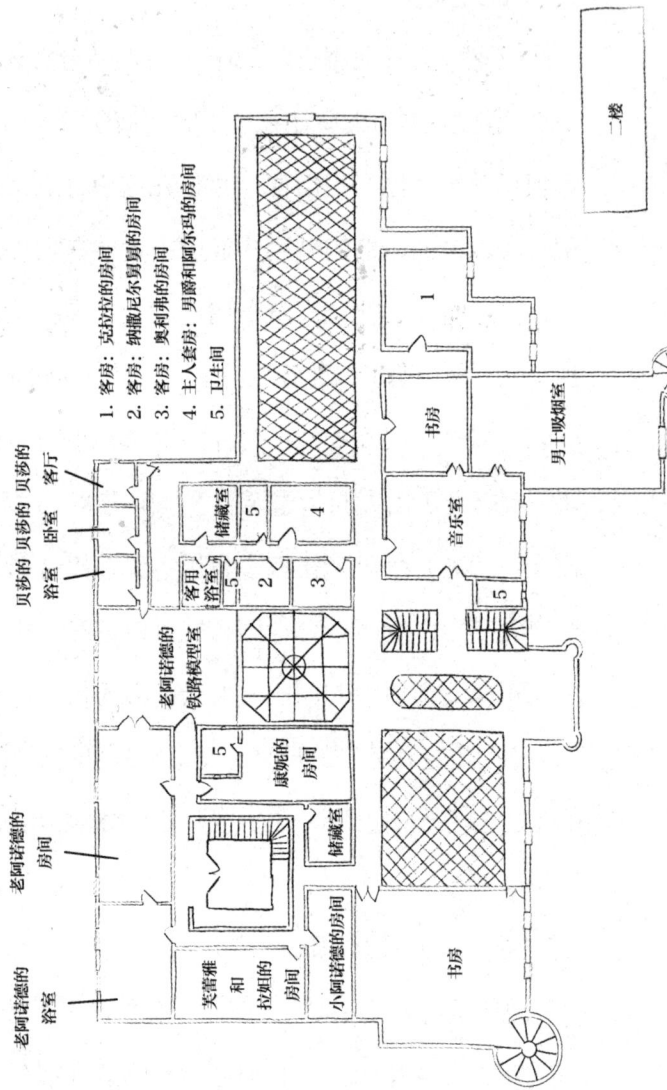

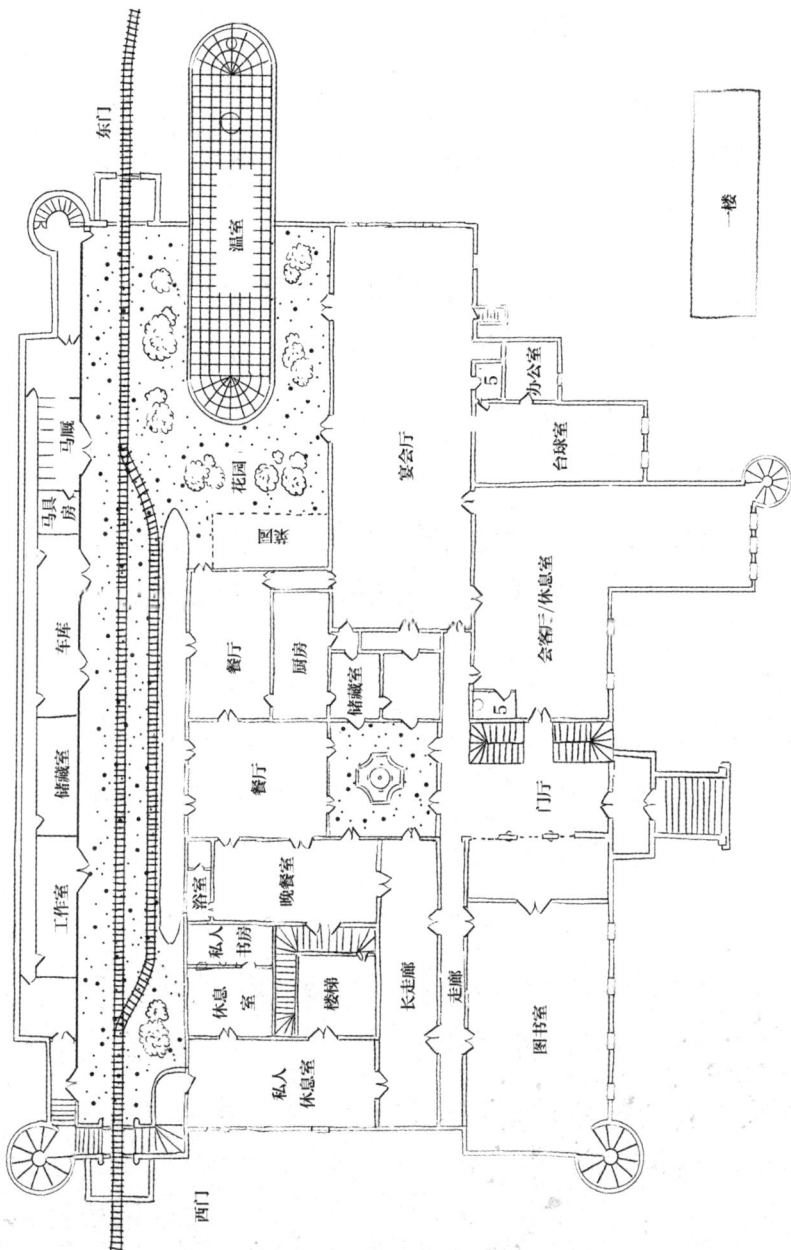

一楼

东门

温室

马厩
马具房

花园
图书

宴会厅

车库

餐厅

厨房

储藏室

办公室

台球室

5

储藏室

餐厅

储藏室

工作室

浴室

晚餐室

私人书房

楼梯

会客室/休息室

休息室

长走廊

走廊

5

门厅

私人休息室

图书室

西门

福，忽然觉得贝莎有些可怜，"阿尔玛，昨天小阿诺德在饭桌上讲故事吓唬我们的时候，他提到了死亡谷的那个骷髅头，那是什么？"

"死亡谷入口处的岩石表面有一个骷髅头的图形。相传，克拉森斯坦家族的人为了修建私人铁路，炸开了大山，因此被诅咒了。而那个骷髅头图案正是这个家族被诅咒的标志。"

"噢！"

"如果你进入死亡谷，肯定会看到的。"

"谢谢。我还是继续调查吧！我得跟纳撒尼尔舅舅聊一聊，我要怎么走才能到书房？"

阿尔玛指着走廊的尽头说道："沿着走廊走到头，你会看到一个很大的房间，那是音乐室。进了音乐室后朝左走，你会看到另一个房间，那就是书房了。"

谢过阿尔玛后，哈里森急匆匆地走开了。午后的时光已过大半，老房子里的阴影越拉越长，黑暗的角落也比他刚进来的时候多了许多。于是，他加快速度跑了起来，可刚一转弯，一头体形壮硕、长着琥珀色眼睛的狼便出现在他的面前，哈里森当场被吓得尖叫起来。

这是一头被制成了标本的狼，被放置在一个木制底座上，脚边还有一块金属匾，上面写着：巨狼阿达尔（灰狼）。因为处在转角位置，所以这头抬起一只前腿、露着牙齿的狼始终可以直视任何一个从走廊走过来的人。哈里森从来没有见过狼，这头狼的体形又是如此巨大，足以让他大吃一惊，而它那恶狠狠的注视更是让他感到了紧张不安。

他站在走廊上，看了看下面大大的宴会厅，那里大得可以

巨狼阿达尔
（灰狼）

举办一场遥控汽车比赛了。宴会厅四周的窗帘全部拉了起来，窗帘上还盖着防尘布。就在这时，一阵低沉的说话声传了过来。哈里森蹑手蹑脚地走到传出说话声的房间门口，把耳朵贴在了门上。

"那不是亚历山大的遗嘱，"克拉拉气急败坏地说道，"他再婚时重新立过一份遗嘱。"

"你见过第二份遗嘱吗？"这是男爵的声音。

"当然。亚历山大是在赫尔曼出生后修改的遗嘱。"

"他留有副本吗？"

"他为什么要留副本？他把遗嘱锁在家中的保险柜里。"

"保险柜里只有这一份遗嘱。"纳撒尼尔舅舅说道。

"可这不是他的遗嘱！"克拉拉的声音里透露出一丝歇斯底里的气息。

"我相信这肯定会有一个合理的解释。"男爵试图安慰她。

"对，对，肯定有。"克拉拉的声音里似乎夹杂着哽咽声，"那个贪婪的贝莎，她拿走了他的遗嘱。她才不在乎自己到底是不是亚历山大的妻子，她只关心自己还是不是克拉森斯坦家族的一员。"她费劲地喘了口气，突然大哭起来。紧接着，哈里森听到了几次示意闭嘴的嘘声和家具移动的声音。

回想起贝莎房间书桌抽屉里露出来的那张纸的一角，哈里森懊悔自己在有机会一探究竟的时候没有更果断一些——那会是亚历山大的遗嘱吗？

就在这时，有什么东西蹭到了他的小腿。霎时间，哈里森整个人都僵住了，他生怕自己被抓个现行，可蹭到他的却是贝拉多娜。黑猫在他的两腿间走着，还发出咕噜咕噜的声音。哈里森后退几步，抱起贝拉多娜，试图让它安静下来。隔壁房间的门半开着，哈里森往里面瞟了一眼，看到了一架大钢琴，心想这里应该就是音乐室了。贝拉多娜在他怀里一阵挣扎，最终还是落在地上跑向了昏暗的房间里。他生怕这只猫连带他会被人抓住，于是连忙跟着跑进去抓它，可它一眨眼的工夫就消失在了阴影里。

"哈里森？"门口出现了一个女人的身影。哈里森张嘴刚要大喊，那个女人后退了一步，宴会厅的灯光映出了她的脸庞，原来是康妮。她把手指放在嘴唇上，然后抓住哈里森的胳膊，把他拉回了走廊。"如果我是你，我就不会进去。老阿诺德让我来给埃森巴赫男爵传个话，但克拉拉对遗嘱不见了的事情大为

169

光火，我可不敢现在贸然闯进去。"

哈里森很高兴有机会跟康妮一起走一走。从他到这里的那一刻开始，他就一直揣着一个问题想要问她，现在他终于有机会问了："小阿诺德说你看见女巫了。"

康妮像是突然感到很冷似的裹紧了身上的羊毛衫，并用双手环抱住身子，她低声说道："我不知道自己看到的是谁。"

"但你确实看到了某个人？"

康妮点了点头，看上去不太高兴的样子。

"她长什么样？"

"我当时刚刚散步回来，一时间在山上迷了路。现在这个季节，这里很容易起雾。"她朝一扇窗户眨了眨眼睛，仿佛能透过拉着的窗帘看到外面一样，"我走到一片空地上，赫然发现一只死老鼠被人开膛破肚，扔在一块石头上。"她露出一副十分厌恶的表情，"有个女人站在它的后面。她戴着灰色的兜帽，眼睛黑漆漆的，身上披着的斗篷和雾气是一个颜色。"康妮突然停下了脚步。

"然后呢？"哈里森催促道。

恐怖的记忆再次浮现出来，康妮缓缓说道："她消失了，就在我的面前。前一刻她还站在那里，下一刻就不见了。我喊了一声，把手伸进雾里，可就像是我的目光把她驱散了一样，我没有再看到她。我从来没有那么害怕过。"

"你当时还干了什么？"

"我跑了。"康妮露出一丝虚弱的笑容，"我知道这样做很傻。我从来不相信这世上有女巫，可我却亲眼看到了。"她走到楼梯旁，回头看着哈里森问道："你爸爸为什么要带你来这里？"她停顿了一下，等待哈里森回答。她突如其来的问题吓了哈里森一跳，他什么也没有说。"告诉他，你想回家。这个地方被诅咒了。这里总有坏事发生。我会留下来参加克拉森斯坦先生的葬礼，但仅此而已。毕竟是他把我雇来的，这时候离开有些说不过去，但……"她压低声音，偷偷环视了一下四周，"很少有人来这里。贝莎和小阿诺德不喜欢我待在这里。我唯一能够说话的对象就是阿克塞尔。"她停下来，低下了头，哈里森注意到她的脸微微发红。"我最好赶紧回去，老阿诺德马上就要醒了。"说完，她匆匆走了。

第 十 六 章

被诅咒的图书室

哈里森走到楼梯的扶手旁，俯视着匆匆离去的康妮。在他的下方，楼梯转角中间平台的墙上，挂着一幅巨大的肖像。画里是一个右手握着拐杖、神情严峻的男人。他站在山顶，身后是一团旋转着的冰冷雾气。画框底部有一块华丽的金匾，上面有他的名字——弗朗茨·克里斯蒂安·克拉森斯坦。

他会不会就是给克拉森斯坦家族招来诅咒的那个人？哈里森暗想道。

楼梯下面连着的是一个宽敞的门厅，哈里森决定下去探索

172

一番。走到楼梯转角的平台时，他忽然听到有人开门的声音。于是他停下来，屏住了呼吸。

"是这边。"赫尔曼说道。

"最好别是什么无聊的事情，"欧赞嘟囔道，"我几乎就要打破你的最高纪录了。"

"我跟你们说，图书室最适合开展……"希尔达激动地小声说道。

"最适合开展什么？"哈里森笑着问道。突如其来的声音把三个人吓了一大跳。

"调查，"恢复镇静后，希尔达答道，"图书室是最适合开展调查的好地方。我们是侦探。"

欧赞笑嘻嘻地看着他："你在做什么？"

"找我爸爸。"

"你没找到他吗？"希尔达问道。

"他在书房里和其他几个大人说话。"哈里森摇了摇头，"不过，我找到了老阿诺德的铁路模型，还有一个巨狼标本。刚看到它时，我真是被吓坏了！"

赫尔曼咯咯地笑了起来："爷爷故意把巨狼阿达尔放在那

里，就是为了吓唬那些半夜起来上厕所的客人，他觉得这很好玩。"

"巨狼阿达尔？"

"庄园里所有死去的动物都有名字，"赫尔曼指了指楼梯下面，"浴室里还有大熊比约恩。即便你知道它在那里，你也还是会被它吓到。"

"你看到铁路模型了？"欧赞问道，"在哪里？"

"在餐厅上方的一个房间里，老阿诺德说我们可以随时去参观。"

"你们不能碰那些火车模型，"赫尔曼说道，"它们的运行时间都是设置好的，爷爷在他的房间里控制着它们。"

"我们现在可以去吗？"欧赞问道。

"我们现在是侦探，"希尔达不满地说道，"你答应过要跟我们一起去调查那个诅咒的，只有这样，我们才能保护赫尔曼。"

欧赞鼓起腮帮子，赫尔曼则满脸通红。"好吧，但去了图书室之后，我们要去看看火车。"欧赞不情愿地说道，哈里森则跟在他的身边。"真不知道你想去那里找什么，那只不过是一间堆满了书的屋子。"欧赞补上了一句。

"我感兴趣的是书里的内容。"希尔达的语气中夹杂着一丝不耐烦。

推开厚重的门，孩子们走进了一个用木头和石头砌成的大大的房间。一扇教堂里常见的那种透明的玻璃窗下放着一个大大的堪称古董的地球仪。房间里堆着数不清的书，散发出令人陶醉的油墨混杂着家具油漆的味道。这些古老的书仿佛能吸走周遭的声音，甚至把他们说话的声音也一下子吸走了。在他们的左侧，摆放着许多古代皮面书的书架一直伸向屋顶，书架中间还间隔着窄窄的拱形窗。要想拿到书架上最高一层的书，唯一的方法就是利用廊道里安装在轨道上的梯子。

希尔达走到房间的中央，慢慢地转过身来，张开双臂，做出贪婪地沉浸其中的样子。

欧赞径直走到几乎和他一样高的大大的地球仪前，推动球体，让它转了起来。

"这里肯定有几千本书。"哈里森小声说道。

"这难道不是很美妙吗？"希尔达蹦到书架前，歪着头看着那些书，一字一顿地说道。

哈里森跟着她走了过去，但却失望地发现自己拿起的每一本书都是用德语写的。他走到窗口。"下雪了！"他大声说道，其他三个人听到了都转过身看着他。"你们说会有积雪吗？"他问道。

"天气倒是够冷了。"欧赞说道。

"我们可以去堆雪人。"赫尔曼笑着说道。

"好了，你说的密室到底在哪里？"欧赞催促赫尔曼道，他想早些结束图书室之旅。

"密室？"哈里森一下子来了兴趣。

"那里放着最古老、最珍贵的书籍，"赫尔曼说道，"克拉森斯坦家族的摘录簿也放在那里。爷爷说它们是有关德国铁路的重要历史文件。"

"摘录簿是什么？"哈里森问道。

"我知道！"希尔达插了进来，"它就像是日记或是剪贴簿。我们在学校参加过一个制作摘录簿的项目。过去，人们常常把生活中的点点滴滴记在摘录簿里——他们的家庭开销、商业账户、食谱、智者的语录或诗歌。任何需要记录的东西都会被写进家庭摘录簿。由于那时的纸张很贵，人们会故意把字写得很小，甚至还会在每一页上画出很多分隔线，力图把一张纸全部写满。"

他们跟着赫尔曼来到一扇小木门前。

"你们说，家里人会把诅咒也写进去吗？"哈里森问道。

"我们去看看。"欧赞一边说，一边试着转了转门把手，"锁上了！"

门边的窗台上，摆着一个立在底座上的白鼬标本。这头白鼬后腿直立、露着牙齿，样子看上去非常凶猛。赫尔曼把白鼬的下巴往下一拉，它的木制底座上突然弹出了一个抽屉，里面躺着一把钥匙。

"酷！"哈里森感叹道。

赫尔曼打开门，出现在他们面前的是石砌的螺旋形楼梯。哈里森跟着赫尔曼走上楼梯，他本以为他们会进到一个走廊，没想到却来到了一个小房间。这个房间里铺着方形的地毯，窗子下面横着一张木桌，墙上的书架上摆满了书——有些书甚至还被黑色的铁链固定住了。

"有这里的藏书目录吗？"希尔达问道。

"我不知道，"赫尔曼坦言道，"我来这里是为了躲开大家。这里很安静，没有人会想到要来这里找我。"

"哪些是摘录簿？"哈里森问道。

赫尔曼指了指一个书架，那上面的摘录簿大约有普通地图册那么大，几个人连忙围了上去。

"边上有日期，"欧赞歪着头说道，"我们要找的是哪一天的？"

"我也不知道。"希尔达看着赫尔曼说道。

"等等，大家往后退！"哈里森伸出胳膊，拦住了他们，"看！"他指了指书架。

"看什么？"欧赞问道。

"书架上的灰尘。这里有被动过的痕迹，"他指着一本摘录簿面前的灰尘的痕迹说道，"最近有人拿走过这本摘录簿。"

"这可能是一条线索。"希尔达小心翼翼地把摘录簿抽出来，拿到桌上，翻开了封皮。里面的墨迹也许原本是黑色的，但时间让它渐渐褪成了棕色和黄色。纸上写满了小小的德文字，哈里森一个字也不认识。

"真不敢相信！"希尔达一脸惊恐地叫了一声。

"怎么了？"哈里森问道。

"某个笨蛋把摘录簿这一页的一角折起来了！"

欧赞哼了一声，问道："所以呢？"

"别笑。这是非常重要的历史文件，而且年代久远！这会把纸折坏的！"她展开被折起的那一页，"这样折会损坏纸张，这一角可能会被撕裂！"

"等一下，"哈里森打断了她，"那一页写的什么？你能读一下吗？"

"字太小了……"希尔达眯起眼睛，把脸凑近了那一页。赫尔曼打开桌子的抽屉，递给她一个放大镜。"我们可以通过这种万式与几百年前的人们进行交流，多酷啊！"希尔达感慨道。

"但我没办法跟他们交流，"哈里森说道，"我一个字也看不懂。"

"文字即密码。"希尔达说道，"任何人都能看懂，但前提是你必须掌握正确的密钥。"

"密钥？"

"能够帮你理解其含义的东西。你不懂德文，但如果你有一本德语字典，你就能理解这些单词了。"

"破解一个密码比翻译一种文字刺激多了。"欧赞说道。

"不，只是更简单罢了。我觉得破解复杂的谜题才更有满足感。"希尔达反驳道。

　　哈里森回想起他在男爵写给纳撒尼尔舅舅的信中发现的暗号——"留神面包师"。"什么样的东西可以作为破解密码的密钥呢？"他问道。

　　"任何东西，"希尔达说道，"可以是一个数字——比如数字7。看到它就可能意味着所有的字母A都要写成G，因为从G开始往前倒推，第7个字母就是A。如果你要使用一套密码，最重要的就是写密文的人和读密文的人必须使用相同的密

钥……噢！我觉得我发现了什么，"希尔达往前凑了凑，"这是他们炸开岩石、开凿铁路那一天的记录。"

"死亡谷？"哈里森感到一阵激动。

"这里列出了炸药的数量和成本，这里记录了他们付给工人的工资。上面说他们雇了14名当地人，然后，这里有一条线……5月26日，事故——突如其来的一场岩石崩塌造成1人死亡，3人受伤。巴贝林先生死亡。这里还有一笔钱，我想应该是付给遇难者家属的补偿。"

"有关于那个诅咒的内容吗？"欧赞问道。

希尔达用指尖指着书页上的文字，但小心翼翼地不让指尖触碰到纸张。"这里写了些东西，"她皱起了眉头，"戈贝尔·巴贝林夫人拒绝接受赔偿。她公开反对克拉森斯坦家族，要求为她死去的儿子讨回公道。克拉森斯坦家雇了一名律师。这里有一笔钱是付给律师的酬劳。弗朗茨·克拉森斯坦的律师以驱逐令威胁巴贝林夫人接受赔偿，她的房子归迈耶家族所有，而这个迈耶家族正是克拉森斯坦铁路的投资人。"希尔达停下来，默读了好一会儿才继续念出了声："几天后，巴贝林夫人穿着一身黑衣服，爬上了死亡谷的顶部。她尖叫哀号了好几个小时，不断地诅咒夺走她儿子生命的铁路、岩石以及克拉森斯坦一家。谁也没办法把她从上面弄下来。最后，在被村里的卫兵拖走之前，她诅咒克拉森斯坦家的儿子们都会像她的儿子一样，英年早逝，死于非命。"希尔达粗略地浏览了一下这一页剩下的部分，然后深吸了一口气，把手捂在自己的胸口说道："啊！巴贝林夫人两天后死在了监狱里。记录这段内容的人把这一系列事情列入了'节省开支'一项中，因为他们不再需要为她的儿子支付赔偿了。"

一时间，四个孩子都陷入了沉默。

"噢，不！"希尔达面无血色地低声说道。

"怎么了？"虽然嘴上这么问，但哈里森心里却很害怕听到答案。

"他们用死亡谷的岩石修建了这座图书室。"

第十七章

猫和蝙蝠

"克拉森斯坦家族的儿子们都得给她儿子偿命，"赫尔曼睁大眼睛看着希尔达，"我必须为我的祖先对巴贝林夫人和她儿子所做的一切付出代价。"

哈里森打了个冷战，这是他第一次切身感受到诅咒带来的恐怖。

"赫尔曼，你千万别相信诅咒。"希尔达就像一位慈祥的母亲那样搂住了赫尔曼。

"那只不过是嘴上说说的事情罢了。"欧赞说道。

"棍棒和石头也许能打断我的骨头，但言语永远伤害不了我。"哈里森安慰赫尔曼道，他其实也在用这句话给自己壮胆，"这是我们英国的一句老话。"

"棍棒和石头能打断你的骨头，这道诅咒也会要了我的命。"赫尔曼脸色惨白地说道，"我听到他们说爸爸是怎么死的了。"

哈里森和希尔达警觉地对视了一下。

"很多人都会突发心脏病……"欧赞刚开口，赫尔曼便对他摇了摇头。

"你不明白。我爸爸……但凡与人争吵，从来就没有输过。他这个人无所畏惧。从我出生到现在，我从来没见他紧张或害怕过，一次都没有。"他停顿了一下，"可埃森巴赫男爵告诉我妈妈，爸爸被发现时，脸上是一副无比惊恐的表情。"

"惊恐？"欧赞非常惊讶，"怎么会？"

"我不知道。"赫尔曼摇了摇头，接着又指了指那本摘录簿，"里面没说巴贝林夫人是怎么死的。如果是她下了咒，那么这些诅咒会一直纠缠我们，直到克拉森斯坦家的儿子全都死了吧？她就是女巫，我敢肯定。"

"赫尔曼，你这完全是自己吓自己。"哈里森轻声说道，"如果诅咒真的有用，你爷爷不可能活到现在。"可一提起老阿诺德，哈里森就猛然记起他曾经说过的"她想要的是我"——会不会是巴贝林夫人杀错人了？

"确实是这样的。"希尔达说道，"好了，欧赞，你不是说想去看看赫尔曼爷爷的火车模型吗？我们在这里的调查已经结束了，走吧。"她合上摘录簿，将它放回了书架。

"酷！我们回塔楼去打游戏吧！我马上就能打破你的最高纪录了！"欧赞兴高采烈地对赫尔曼说道，可赫尔曼只是淡淡地笑了笑，随后便任由他们三个人簇拥着自己下楼。

"你相信诅咒吗？"他们走下楼梯时，欧赞问哈里森。哈里森稍稍停顿了一下，然后摇了摇头。"但肯定是有什么东西吓到了亚历山大·克拉森斯坦。"欧赞说道，他刻意压低声音，以免被赫尔曼听到。

"可能是一头野兽。"哈里森的脑海里出现了巨狼阿达尔的样子。

欧赞一把抓住哈里森的胳膊，问道："如果是谋杀呢？"

"如果是谋杀，大人们应该已经报警了。"

欧赞松开他的胳膊，独自思考了起来。

"如果你想谋杀某人，难道不应该选一个比吓死对方更好的办法吗？"欧赞还是说出了自己的想法。

当他们走出图书室大门时，哈里森从口袋里掏出了钥匙。"我忘记把钥匙放回白鼬标本那里了！你们先走。我很快就来。"说着，他转头跑回了图书室，并掏出了他的小笔记本和钢笔。他以最快的速度把书架上那本摘录簿和灰尘被抹去的痕迹画了出来。"这本摘录簿最近被人拿出来过，可其他的书都没有被动过的痕迹……有关诅咒的那一页还被人做了标记……有人把那页的一角折了起来……"这些想法在哈里森的脑海里一一闪现，哈里森很想知道做这些事情的人是谁，这个人这么做的动机又是什么。

记下摘录簿的内容并把之前故意放进口袋的钥匙放回原处后，哈里森穿过大大的门厅，又穿过玻璃门，来到了一个中间有喷泉的庭院。喷泉的水池是干的，看来不是停水就是水管里的水结冰了。地上没有积雪，哈里森不免有些失望。他四下打量，发现这个庭院位于整座房子的中间，地上铺着鹅卵石。他又抬头望了望，这才发现庭院上方是玻璃盖出的高高的天花板。金属制成的框架将天花板分隔出许多三角形的图案，玻璃上覆盖着一层薄薄的雪。

忽然，一阵声音传来，与此同时，一个黑影从院子的角落里钻了出来。

"贝拉多娜！"哈里森大喊一声，"你怎么进来的？"黑猫用鼻尖蹭了蹭他的腿。"你迷路了吗？你被困在这里了？"他说着抱起了猫，"我带你回去找芙蕾雅。"

他穿过对面的房门。接着，他搭乘电梯来到二楼，经过了小阿诺德的房间，敲了敲旁边房间的门——如果他没记错的话，芙蕾雅住的应该就是这一间。

拉妲打开了房门。"贝拉多娜！"她惊呼一声，从哈里森手中接过黑猫，"你出去探险了吗？"

"是我找到了它。"哈里森一边说，一边跟着拉妲走进了房间。

虽然屋里摆放着的都是深色的木制家具，但这个宽敞的房间光线充足，丝毫不影响屋子里的亮度。几扇宽大的拱形窗把布罗肯山的风貌尽收眼底。哈里森扫视了一下整个房间，努力在脑子里记下房间的布局，并让自己尽可能多地捕捉更多的细节。这就是克拉拉想住的房间——之前亚历山大的房间。

"它不会爬到塔楼上去了吧？"芙蕾雅问道。

"没有。"

"它肯定是闻到了美味的老鼠的味道。"拉妲一边说，一边揉着贝拉多娜毛茸茸的小脸。贝拉多娜闭上琥珀色的眼睛，发出一阵愉悦的咕噜声。

"它被困在庭院里了。"说话的同时，哈里森注意到窗前的木桌上摆着一些奇怪的物件：几个深色的小玻璃瓶，一套杵和臼，一个外形古怪、底部像个碗一样的铜壶。这个铜壶的上方伸出了一根细细的管子，管子延伸到一个像锅一样的器皿中。这个锅状器皿的侧面还伸出了另外一些管子，其中的一根管子的下方还有一个很小的玻璃器皿。在哈里森看来，这套东西像极了中世纪的化学实验装置。

"贝拉多娜总是想去哪里就去哪里。"芙蕾雅一边说，一边整理着自己的行李——她的行李箱正大敞着躺在一张挂着红色纱幔的四柱床上，"你喜欢我们家的塔楼吗？曼弗雷德、亚历山大和我还是孩子的时候，那里是我们的游戏室。"

"那里棒极了！"哈里森说道。与此同时，芙蕾雅从箱子里拿出一个便携式电炉，把它放到了桌子上。他指着那个奇怪的

189

铜壶问道："你拿这个做什么？"

"做药水。"芙蕾雅拍了拍手，高兴地说道。

"这就是芙蕾雅施展魔法的地方。"拉妲得意地说道。

"魔法？"哈里森走近桌子。他朝桌上的一个小麻袋里看了看，里

面装满了叶子，这些叶子散发出草药的味道。接着，他拿起一个盛满苔藓的透明小盆看了看。

芙蕾雅走到窗户旁边，雪花飞舞着从窗前飘过。"下雪了。"她淡淡地说道，"这白色的'斗篷'可以让植物变颜色，也可以隐去人们的声音。"她转向拉妲："幸好我们带了靴子。"

"是啊！"拉妲表示同意，她从贝拉多娜篮子旁边的口袋里拿出一袋猫粮，倒在了地板上的一个小碟子里。

两位女士与贝拉多娜一起开心地玩耍起来。哈里森注意到书桌的几个抽屉都没有关严，有两个还被拉开了几厘米——这是亚历山大曾经用过的书桌，里面会不会有什么？想到这里，他看了看芙蕾雅和拉妲，发现两个人并没有注意他，于是他悄悄地把抽屉挨个拉开来看了看，发现抽屉里都是空的。他在心里责备自己的举动，但同时他猛然意识到，亚历山大很有可能把重要的文件放在了另外的那张桌子里，是的，正是火车上的那张书桌。他于是对两位女士说道："我得走了。"

"谢谢你把贝拉多娜带回来。"哈里森走到门口时，芙蕾雅再次向他表示感谢。

哈里森走进电梯，按下塔楼所在楼层的按钮。出电梯后，他躲在僻静的角落里，把芙蕾雅那套奇怪的装置画了下来。芙蕾雅说自己在制作药水，她是开玩笑还是认真的？拉妲还说芙蕾雅会魔法，这些话让哈里森非常困惑。那个铜壶是做什么用的？他想不出桌上的东西还能用来做什么，那个铜壶会不会是一口坩埚？

塔楼的卧室里，希尔达、欧赞和赫尔曼把脸贴在窗户上，兴奋地用德语交谈着。天空灰蒙蒙的，厚厚的云层里面仿佛载满了雪花，多余的雪花只好纷纷扬扬地从天而降，覆盖万物。

"这场雪很大，"欧赞对哈里森说道，"明天我们可以打雪仗，还可以滑雪橇。"

哈里森走进房间，与大家一起站在了窗前。天渐渐黑了。他看了看手表——这是舅舅去年送给他的礼物，当时他们正乘坐加州彗星号穿越美国。手表显示已经五点多了。他望向死亡谷，忽然心里一惊。

一个黑色的身影正沿着雪地里的铁轨向远处走去。哈里森往窗户上凑近了一些，呼出的热气让玻璃蒙上了一层雾气。他用袖子擦了擦窗户，瞥见那个人影消失在了山口里。

"想玩游戏吗？"欧赞问他。

"等一会儿。"哈里森敷衍了一句，眼睛却依然盯着黑影消失的地方。他走到床边，一头栽倒在床上，突然感觉有些泄气。他认出了雪地里那个人的步态和身形。那个人是纳撒尼尔舅舅，舅舅正在独自展开调查，这与他昨晚在柏林的做法如出一辙。他为什么不带自己一起去呢？

"啊啊啊啊啊！"希尔达突然发出一阵令人毛骨悚然的尖叫，哈里森一下子跳了起来。

"蝙蝠！蝙蝠！"欧赞挥舞着手臂大声喊道。

赫尔曼缩在自己的床铺上，发出防空警报一般的哀号。

哈里森紧盯着那个引起骚动的东西——一只大蝙蝠。它惊慌失措地在房间里疯狂拍打着翅膀，一会儿撞到墙壁和家具上，一会儿俯冲下来又猛地向高处飞去。

希尔达在自己的床上蜷成了一团。她从手指缝里望着那只蝙蝠，嘴里不停地发出尖叫声。

赫尔曼把膝盖抱在胸前，呼喊着妈妈。

"快！把所有的窗户都

打开！"哈里森一边喊，一边扑向离他的床最近的窗户，使劲地拉窗闩。希尔达看到后，也一跃跳到床边的窗户前把窗户打开。欧赞躲在房间的另一个角落里。至于赫尔曼，他还是保持原样，缩在床上不敢动。

当哈里森打开窗户时，他依稀听到了什么——一声似乎从远处传来的不怀好意的笑声。一阵寒意袭上他的后背，但随后他便意识到是从哪里传来的笑声。他三步并做两步，怒气冲冲地跳上了楼梯。

小阿诺德躺在地板上，放声大笑，一只手还抓着一个麻袋，他手舞足蹈的样子证实了哈里森的猜测。房间里光线很暗，只有外面的一丝光线从小窗户透进来，再就是嵌在山体模型上的小灯发出的红光。

哈里森抓住小阿诺德，一边摇晃着他，一边大声喊道："帮帮我们，不然蝙蝠会受伤的！"

接着，哈里森跑下楼梯，拉起赫尔曼，让他站在欧赞和自己中间。"把胳膊举起来，拍拍手，弄出声音来。"哈里森记起蝙蝠是靠声音来辨别方向的，"我们试一试，看能不能把它赶到窗外。"

希尔达将双手举过头顶，一边做着拍打的动作一边加入了他们。过了一会儿，小阿诺德也来了。他们五个人用巴掌声和叫喊声围起了一道人墙，把蝙蝠赶向了希尔达床边的窗户。蝙蝠绕着房间转了一圈，又转了一圈，然后飞出了窗户。

欧赞见状连忙跑过去，一把关上窗户，接着一屁股坐在希尔达的床上，如释重负地喊了一声。骚动平息后，大家都怒气冲冲地盯着小阿诺德。

"你们真该看看你们脸上的表情！"小阿诺德讥讽道。

"这对蝙蝠来说太残忍了！"哈里森气愤地说道。

小阿诺德耸了耸肩膀，没有任何要道歉的意思，他笑嘻嘻地说道："蝙蝠经常被困在这里，它们就在塔楼的顶上冬眠。"

他走过希尔达身边时，希尔达狠狠地捶了他胳膊一拳。

"哎哟！"小阿诺德揉着胳膊坏笑起来。他按下电梯的按钮，离开前还大喊了起来："你们最好把门关好，否则那帮家伙半夜饿着肚子醒来，说不定会吸干你们的血！"

第十八章

深夜作画

哈里森关上了剩下的几扇窗户。欧赞往火里添了一根圆木，并用拨火棍拨旺了炉火，房间里一下子暖和了起来。希尔达拿起自己床上的毛毯，把它像披肩一样裹在赫尔曼身上，然后仔细检查了楼上的房门是否已经关好。

"赫尔曼，你读过《埃米尔和侦探们》吗？"希尔达问道。赫尔曼摇了摇头。"这本书非常棒。要不要我给你读一段？"希达尔又问道。

哈里森躺回自己的床上，一边听希尔达用德语朗读书中的内容，一边暗自佩服她竟然能流利地说那么多种语言，觉得她真是太厉害了。片刻之后，他掏出小笔记本和钢笔，翻到全新的一页。虽然他心里不愿意承认，但自从在学校门口现身以来，纳撒尼尔舅舅就表现得很奇怪。舅舅似乎对他隐瞒了一些事情，一些过去的事情。这种感觉让他非常不舒服。他真希望自己之前能鼓起勇气问问舅舅"留神面包师"到底是什么意思。舅舅为什么要独自一人前往死亡谷呢？如果想开展调查，舅舅完全可以找他一起去。还有，昨晚在柏林的时候，舅舅跑到哪里去了？

哈里森把小笔记本搁在行李箱上，随手画了起来。不一会儿，笔记本上的内容逐渐成形——那正是他在贝莎书桌抽屉里看到的一角纸片。那会是丢失的遗嘱吗？

现在天太黑了，他不敢冒险独闯死亡谷，而且他也不知道纳撒尼尔舅舅究竟去了哪里。所以，他列出了明天早上要去调查的内容：1. 死亡谷；2. 亚历山大的车厢；3. 贝莎的书桌抽屉；4. 纳撒尼尔舅舅。

"你在干什么，画画吗？"哈里森没有注意到希尔达已经走到了自己的床边。

"不，没什么，"哈里森连忙合上了小笔记本，"我……嗯……这是我的私事。"

"我理解，"希尔达坐在床尾说道，"我也写日记。你在写什么呢？"

"这栋吓人的老房子。"哈里森答道。

"这里不是很棒吗？"希尔达两眼放光地说道，"这里充满了各种各样的故事。我很喜欢这里。"

"我提议，明天我们去打雪仗吧！"欧赞在房间的另一头喊道，"我们分成两队，先做好雪球，然后一决胜负。"他做了个扔雪球的动作。

"我们去死亡谷打吧！"哈里森顺势提议道，在他看来，大雪能为他的调查提供绝佳的掩蔽。"万一遇上女巫，我们就合力把她打倒。"说着，他做了一个朝假想中的女巫扔雪球的姿势，一旁的赫尔曼咯咯地笑了起来。

"我想堆一个雪人。"赫尔曼说道。

"噢，我也想！"希尔达附和道，"我们可以从厨房拿个萝卜当它的鼻子，然后从火炉边的铁桶里拿些煤来做钮扣和眼睛。"

他们热烈地讨论着这场大雪，暂时把图书室里的发现和小阿诺德用蝙蝠吓唬他们的事情全部抛在了脑后。当赫尔曼告诉他们，他很确定外面的火车棚里停着两架雪橇时，大家的情绪愈发高涨起来。

"我想看看那个老式蒸汽火车头。"哈里森虽然这么说，但他心里想的是能有机会单独待在火车棚里，如果有这样的机会，那他或许就能溜进亚历山大办公的那节车厢了。

阿尔玛推着一辆装满食物的银色手推车来到了塔楼。"晚饭来了！"她喊了一声。

"我们不下楼去吃饭吗？"哈里森问道。

"别去，大人们愁眉苦脸的样子和无聊的谈话会毁了你们的好胃口。"阿尔玛说道，"我觉得，你们与其去听我们唠叨葬礼的事情，不如留在楼上的炉火边吃饭，这会更有意思！"

赫尔曼微笑着点了点头，哈里森看得出希尔达和欧赞也对这个安排很满意，他却有些失望。他原本希望在晚餐的时候能和舅舅好好谈一谈。可一整天下来，他们都没有任何独处的时间。有几个问题，哈里森非常想要从舅舅那里得到答案。

赫尔曼从手推车上拿起餐具，希尔达则把大伙的枕头从床上挪到地毯上当作坐垫。晚餐是奶酪饺，味道非常好，哈里森一口气吃光了一大盘。

阿尔玛坐在希尔达的床沿上，一边吃东西，一边高兴地抚摸着孙女的头发问道："你们今天下午干什么去了？"

欧赞把小阿诺德放蝙蝠吓人的恶作剧绘声绘色地讲了一遍，结果就连阿尔玛也在为蝙蝠鸣不平。接着，赫尔曼又说起了哈里森被巨狼阿达尔吓了一跳的事情，大伙都笑了起来。

"奶奶，你知道巴贝林夫人吗？"希尔达突然问道。几个孩子立刻闭上了嘴，等着阿尔玛的回答。

"我知道她的名字经常被用来吓唬那些不听话的孩子。我还知道她就是那个因为自己儿子死亡而诅咒了整个克拉森斯坦家族的女人……"阿尔玛停顿了一下回答道。

"你相信她的故事吗？"欧赞追问道。

阿尔玛思考片刻后说道："自打我小时候第一次来到这栋房子起，我就经常听大人们说起一个住在山上树林里的女人。大人们对她的描述都差不多：她披着长长的黑发，有一双仿佛能直通地狱的漆黑眼眸。她穿着的灰色斗篷能让她随时隐入布罗肯山的迷雾。我 16 岁时，我们一家来这里看望老阿诺德，当时我心血来潮决定独自去爬山。在树林里，我瞥

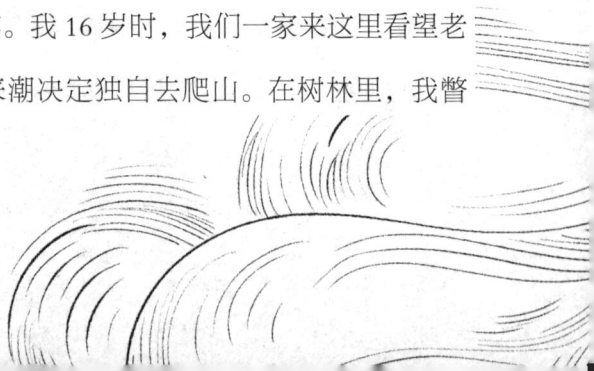

见了一个黑眼睛的女人，她把我吓得起
了一身的鸡皮疙瘩，她很快就消失
了。"她摇了摇头，"我不知道那
到底是巴贝林夫人——住在林子
里的那个女人，还是碰巧经过的
路人，但她确实把我吓坏了。我
当时一路跑回了我妈妈的身边。"
她耸了耸肩膀。

　　阿尔玛对女巫的
描述与康妮的描述

非常相似，这不禁让哈里森吃了一惊，可这两段故事之间至少相隔了四十年的时间。

"有人在吗？"门外传来一阵悦耳的声音，康妮端着一个装得满满当当的托盘走了进来。为了不把托盘里的五杯热巧克力弄洒，她轻咬着舌头，努力保持着身体的平衡。"我给你们带来了冰激凌、热巧克力和热水袋。"她微笑着说道．

大家都欢呼起来。康妮把托盘放在希尔达的床上，又从挂在胸前的布袋里依次拿出四个热水袋，分别放在哈里森等四人的床上。"今晚会很冷的。"她说道。

"他们楼下怎么样了？"阿尔玛意味深长地问道。

"马上要开饭了，"康妮答道，"你也该下去吃饭了。我已经吃过了。晚餐仅供家人享用。"她拿起两碗冰激凌问道："谁想吃冰激凌？"她的话音刚落，欧赞和赫尔曼的声音便响了起来："我！"于是，她给了他们俩一人一碗。阿尔玛则在向孩子们道了晚安后下楼了。

"他们都不邀请你共进晚餐，这未免太不友好了吧？"赫尔曼对康妮说道。

"没关系。"康妮说着，把盛饮料的托盘放在他们中间的地板上，并从中拿起一杯热饮，盘腿坐了下来，"我敢肯定，你们在楼上比他们在楼下玩得要开心多了。"

"妈妈和贝莎还在怄气吗？"赫尔曼问道。

"我真不知道这是为了什么。"康妮没有直接回答赫尔曼的问题。

"爸爸的钱。"赫尔曼一本正经地说道，"爸爸有很多钱，还拥有克氏集团的大部分股份。妈妈担心贝莎会把这一切都据为己有，因为贝莎是爷爷的宠儿，而且爷爷爱小阿诺德胜过爱我。也许到头来，我们将不得不离开柏林的家。"

"赫尔曼，这不是真的吧？"希尔达倒吸了一口气。

"我不在乎，"赫尔曼耸了耸肩膀，舀了一勺冰激凌送进嘴里，"我不想接手克氏集团，我想当一名钢琴家。"

"我相信老阿诺德不会让贝莎做出任何伤害你或者你母亲的事情，"康妮安慰他道，"他一直坚持对两个孙子一视同仁。他跟我说过你钢琴弹得非常好，他很为你感到骄傲。"

听康妮这么一说，赫尔曼高兴得脸都红了。

哈里森忽然想起了亚历山大的遗嘱。如果亚历山大是被谋杀的，他遗嘱的内容或许可以提供一些杀人动机的线索。如果赫尔曼说的没错，遗嘱涉及亚历山大在克氏集团的股份分配的话，那么哈里森的注意力必须放在一个有兴趣接管这家铁路公司的人身上。哈里森立刻想到了小阿诺德，可是，小阿诺德肯定也不希望自己的父亲受到任何伤害。

"你们明天打算干什么？"康妮转移了话题，"雪看起来很厚。"

"我们明天要去死亡谷打雪仗。"欧赞大声说道。

"很有趣。"看着欧赞激动的样子，康妮不禁笑了起来。

"我要堆一个巨大的雪人。"赫尔曼对康妮说道。

"我想去看看那个老式的蒸汽火车头，你说阿克塞尔会让我看吗？"哈里森向康妮问道。

"阿克塞尔肯定很乐意，他很喜欢那个火车头。"

"阿克塞尔和小阿诺德是好朋友吗？"哈里森的这个突如其来的问题让康妮吓了一跳。

"嗯，不过阿克塞尔更像是小阿诺德的哥哥。"

"阿克塞尔肯定不会相信巴贝林夫人的事情。"欧赞说道。

"是吗？那他为什么要在脖子上戴一个挂坠辟邪呢？"康妮说道。

"挂坠？"希尔达激动地说道，"有吗？"

"要是不信的话，你们明天自己去看看。"康妮说着，喝了一口饮料，"他从来没有把它取下来过。"

房间里突然陷入了一阵沉默，大家难以想象像阿克塞尔这样高大、强壮、威武的男人也会害怕女巫。

"我想回柏林了，"赫尔曼小声说道，"我不喜欢这里。"

"你不觉得自己总有一天会住在这里吗？"康妮问道。

赫尔曼看上去非常惊恐，他摇着头说道："不！我讨厌这里！妈妈也讨厌这里，就连爸爸也不喜欢回这里。"

"每年有成千上万的游客到布罗肯山来，"康妮说道，"这里的自然风光非常迷人。"

"是的，可他们最后都会回家，回到他们各自温馨、安全的家。"赫尔曼说道。康妮则笑了起来。

"说得好，"康妮看了看几个孩子，"能有人聊聊天真好。"

康妮提议大家来玩手势猜谜游戏，但哈里森对德国书籍和电视节目一无所知，于是大家决定只挑美国影片来猜。这样一来，哈里森也能参与其中了。

等阿尔玛回来提醒他们该睡觉时，几个孩子轮流到楼梯下的小卫生间里刷了牙。

哈里森在他床边的抽屉里找到了一支手电筒。熄灯后，他刻意多等了一会儿，直到听其他人发出了沉重的呼吸声后，他才扭动着身子钻进羽绒被，打开了手电筒。

凛冽的寒风在塔楼周围呼啸盘旋，雪花纷纷落在塔楼的窗户上。哈里森在塞了热水袋的羽绒被里蜷着身子，拿出小笔记本和钢笔，把留存在脑海里的画面全都在笔记本上画了下来：带着蝙蝠躲在塔楼里的小阿诺德，独自走在雪中的纳撒尼尔舅舅，望着死亡谷的老阿诺德，脚边窝着贝拉多娜的芙蕾雅，脖子上戴着辟邪挂坠的阿克塞尔。他下定决心，明天一定要找出他心里那几个问题的答案。

第十九章

臭山羊

哈里森醒得很早。他眨着眼睛，适应着山上的雪反射进屋里的光线。

"你完全清醒了吗？"欧赞在自己的床上低声问哈里森。他盘腿坐在床上，衣服都已经换好了。

哈里森睡眼惺忪地说道："没，没有。"

"快！难道你不想出去吗，去玩雪？"

哈里森坐了起来。他确实想要出去——去死亡谷开展调查。"稍等我一下。"他连忙坐起来，穿上了厚袜子。两分钟后，他已经往身上套好了自己最厚的衣服。

欧赞顺着梯子下来，小声问道："我们要不要把其他人叫起来？"

哈里森摇了摇头答道："我们先去火车棚，看看能不能找到雪橇。"

欧赞有些怀疑地看着他问道："你想看蒸汽火车头？"

"嗯，是，不过，也……"哈里森压低了声音，"昨天，希尔达调查诅咒的时候，赫尔曼告诉我，他爸爸死的时候满脸惊恐，这勾起了我的好奇心。到底是什么恐怖的东西竟然把他吓死了？"

"你觉得会是那个女巫吗？巴贝林夫人？"

"我们可以趁赫尔曼醒来之前调查一下。亚历山大·克拉森斯坦的火车车厢里可能有线索。那辆火车也在火车棚里。"

欧赞的双眼一下子亮了起来。他看了一眼还在睡觉的姐姐说道："如果我们率先找到线索，希尔达肯定会忌妒死的。"

"我们还能帮到赫尔曼。"

"那走吧！"

两个男孩偷偷溜了出去，他们顺着半埋在雪里的轨道走出了铺满鹅卵石的庭院，厚厚的积雪在他们脚下发出咯吱咯吱的响声。哈里森暗自希望他们出来得够早，这样他们就不会遇到其他人了。

忽然，一阵类似婴儿啼哭的声音传来，把哈里森吓了一跳。他抓住欧赞的胳膊，僵立在原地问道："那是什么？"

欧赞咯咯地笑着，伸手指向火车棚外高大的冷杉树。树下的铁丝栅栏后面有两只长着胡子的瘦山羊：一只浑身都是白色的，另一只则是铁锈红色的，身上有白白的斑点。

"山羊？老阿诺德为什么要养山羊？"哈里森奇怪地问道，生怕欧赞注意到自己脸红了。纳撒尼尔舅舅那本《浮士德》里描述的景象突然出现在了他的脑海里：女巫们走向布罗肯山，残梗黄，新苗青，沃尔珀吉斯之夜齐相聚，山顶高坐路西法。翻过溪流和青蕨，跨过荆豆与沟渠，山羊臭气熏天……不过，眼前的两只山羊看上去还挺可爱的。

火车棚的大门敞开着。屋里阴森森的，空气中弥漫着柴油和煤尘的味道。当看到那辆带有红色的缓冲梁和转动轴的老式蒸汽火车头时，欧赞小声地感叹了一声。火车头锃亮锃亮的，就像是新的一样。一个高大的烟囱从车头圆形锅炉的正面伸了出来，周围挂着的三个提灯构成了一个标准的三角形。

火车棚很宽，足以容纳两节火车头和好几节车厢。蓝色的庞巴迪公司 TRAXX 型车停在一组更宽的轨道上，离 99 型火车头只有几米远。

"有人吗？"哈里森喊了一声，想看看这里还有没有其他人。随着几声工具的碰撞声，阿克塞尔穿着满是油渍的工作服从阴暗处走了出来。他点点头向孩子们打了声招呼，然后拿起一块抹布，擦了擦手。

哈里森指了指蒸汽火车头说道："真漂亮。"

阿克塞尔点点头，拍了拍火车头。

"我们能看看吗，"哈里森连说带比画，试着与对方交流，"上驾驶平台？"

阿克塞尔点点头，向后退了一步，示意哈里森和欧赞可以爬上去。

哈里森迫不及待地抓住栏杆，爬进了驾驶室。欧赞紧跟在他身后。火车上的铜管闪闪发亮，上面几乎一丝划痕都没有。锅炉里已经堆满了煤炭，但没有点火。哈里森忽然意识到，阿克塞尔正在为明天的葬礼做准备。

"这是调节器。"哈里森指着拉杆对欧赞说道。"那是蒸汽箱压力表。"他指了指面前的表盘。"主锅炉压力表。"他又指了指另一个刻度盘,然后点了点旁边的一个红色转盘说道,"注入式蒸汽阀。"最后,他把手指放在管道里的一个开关上说道:"这个,我想,应该是汽笛。"

"厉害!"阿克塞尔有些佩服地点了点头。

"你会开蒸汽火车?"欧赞大为震惊。

"那倒没有,驾驶火车需要多年的训练,不过我知道它们是怎么工作的。"哈里森把头凑近欧赞,压低了声音,"我们怎么才能在不被阿克塞尔发现的情况下进入车厢呢?"

"我让他带我去看看雪橇在哪里。"欧赞答道。

"好主意。"

欧赞从驾驶平台上跳下去,用德语对阿克塞尔说了几句话。哈里森低头往下看,发现阿克塞尔的脖子上果真挂着一个金色的挂坠,现在这

个挂坠正好从他的工作服里露了出来。哈里森调整了一下姿势，想要看得更清楚一些。那块椭圆形的、外形像个小盒子的金色挂坠上面雕刻着花卉图案，图案中间的一对字母非常突出。当阿克塞尔抬起头望向哈里森时，哈里森看清楚了这对字母，他的脊背不由得一阵发凉。

阿克塞尔指着火车棚的后面，让欧赞自己去拿雪橇。欧赞满脸抱歉地看了哈里森一眼。

"阿克塞尔，"哈里森从驾驶平台的梯子上爬下来，"你能听懂英语吗？"

"一点点。"阿克塞尔边说边举起手，把大拇指和食指捏在一起比画着表达"一点点"的意思。

"亚历山大·克拉森斯坦死的时候你在这里吗？"

听到这个问题，阿克塞尔脸上的肌肉突然绷紧了，可他只是草草地点了点头。

"是谁发现他的？"

"贝莎，"阿克塞尔陷入了回忆，神色黯然，"她大声地叫啊叫的。"

"你做了什么？"哈里森小声问道。

"我跑过去。我在黑暗中找到她，"他拍着胸脯说道，"我把亚历山大背回了家。"

"他的脸……"甚至不用哈里森把话说完，阿克塞尔的双眼瞬间仿佛被蒙上了一层阴影，他抽了抽鼻子，摇了摇头。哈里森知道他一定看到了亚历山大惊恐的表情。"你觉得发生了什么？"哈里森追问道。

"巴贝林夫人，"阿克塞尔低吼了一声，一只手抓住了挂坠，扭头望向了房子的方向，"他们必须付出代价。"

"阿克塞尔？你在哪里？"康妮朝火车棚内喊道。

阿克塞尔捋了捋头发。"这里。"他回应着，走出了火车棚。

"一只山羊不见了，围栏上有个洞，我想它一定是跑了。"①康妮说道。

"你好。"哈里森走到康妮的身边。

"早上好，哈里森，"康妮微微一笑，"你在这里做什么？"哈里森扭头看了一眼蒸汽火车头，康妮明白了他的意思，哈哈大笑起来，说道："是啊！抱歉，我必须带阿克塞尔

---

① 原文为德语。

213

离开一下。他最喜欢介绍这些机械是怎么工作的了，可老阿诺德的一只山羊跑了。我得让阿克塞尔帮我把它找回来，关进羊圈里。"她盯着哈里森看了一会儿，然后问道："你今天没戴眼镜？"

康妮的话就像往哈里森的身上泼了一桶冰水。他把眼镜落在床边了。由于满脑子想的都是查案的事情，他甚至忘记了自己的伪装。他赶紧说道："我怕把眼镜弄坏了。我是远视眼，只有看近处的东西时我才需要眼镜。我们今天要打雪仗，然后要去坐雪橇。"

说来也巧，欧赞此时正好吃力地拖着两架红色的塑料雪橇，像突然变戏法似的走了过来。康妮笑了笑，挽着阿克塞尔的胳膊，朝羊圈的方向走去。

"快！"哈里森小声地对欧赞说道。

欧赞一把丢下雪橇绳，匆匆地跟着哈里森跑向他们从柏林来时乘坐的那节车厢。

"你注意到阿克塞尔脖子上的挂坠了吗？"哈里森小声问道，"上面刻着两个字母——G 和 B，应该是名字的缩写。"他看着欧赞，等着他揭晓其中的联系。

"戈贝尔·巴贝林①？"

"他为什么会有一个刻着她名字缩写的挂坠？你觉得阿克塞尔和她有关系吗？"

两个男孩警觉地对视了一眼。

"我们快一些，趁阿克塞尔还没回来。"说着，哈里森试着推了推车厢的门。门打开了一条缝。两个男孩走进车厢，四下看了看。"我们绝对不能移动任何东西，万一动了，一定要把它们放回原位。"哈里森说道。

两个人决定分头行动，每人负责车厢的一侧，把车厢里的书架和地面全都检查一遍，最后在亚历山大肖像下的书桌前碰头。

"我们要找什么？"欧赞问道。

"亚历山大·克拉森斯坦的遗嘱。"哈里森答道。

欧赞一下子愣住了，呆呆地问道："他的遗嘱？不是已经在克拉拉手上了吗？"

"它不见了！所以大人们才会一直吵来吵去。"哈里森一边回答，一边暗自咒骂自己不该把这个消息泄露出去。想起自己

---

① 戈贝尔·巴贝林的英文名字为 Gobel Babelin。

应该假装成远视眼，他从桌子最上面的抽屉里拿出一个塑料文件夹，故作笨拙地把它掉在地板上，里面夹着的信件散落了一地。"倒霉！我要是戴着眼镜就好了。"他朝地上的信件摆了摆手，"我现在根本看不清写的是什么。"

"你看了也没用，上面全是德语。"欧赞边说边将地上的信件归拢起来，开始快速地浏览每封信的内容。

"有看着很像遗嘱的吗？"

"没有，这些都是亚历山大和某个公司之间的往来信件。"欧赞说道，"我再找找。"他把信递给哈里森，哈里森顺手把它们全都放回了塑料文件夹。哈里森注意到那些信件的顶部都有一个相同的图案——与亚历山大·克拉森斯坦通信的公司的标志是一个由三座山峰构成的锯齿形图案，下面还标有"斯特罗马克"几个字。

"这里什么都没有。"欧赞检查完了最后一个抽屉，"我们得趁阿克塞尔回来之前离开这里。"

尽管哈里森知道亚历山大消失的遗嘱还有可能会在贝莎的房间里，可他丝毫都不想再回到那里去。

第三十章

死亡谷

两个男孩一人拖着一架雪橇，大步走出火车棚，来到一片还没有被人踩过的雪地上。

"希尔达和赫尔曼在那里！"欧赞朝庭院门口点了点头。哈里森顺着欧赞手指的方向看过去，发现两个人正在滚一个南瓜大小的雪球。"他们在堆雪人。"哈里森说道。

"你们跑到哪里去了？"希尔达挥着手喊道。

欧赞用手指了指雪橇，以此作为对姐姐的回答。"你等着瞧吧！希尔达要是知道你在阿克塞尔的吊坠上看到了什么，"他轻声地对哈里森说道，"她肯定会被吓死的。"

"别在赫尔曼面前说这些，我们谁也不想吓到他。"

"我们出来找你们了。你们为什么偷偷溜出去，不喊我们一起去？"希尔达朝他们喊道。她看了看欧赞，又看了看哈里森，两个男孩出门居然没有叫上自己，她显得有些不高兴。

"哈里森想去看看蒸汽火车头。"欧赞说道，哈里森配合地点了点头。"我还找到了雪橇，正准备去找你们呢！"欧赞说道。

"我们可以去死亡谷，从那里到家可是一大段的下坡路，"赫尔曼说道，"顺着铁轨一路滑下来可好玩了！"

这个主意让大家一下子兴奋起来，于是，他们迈步朝山口走去。欧赞戴上手套，抓起一把雪，用手掌把雪压实，然后朝哈里森扔了过去。哈里森及时地向后一跳，躲过了小雪球。

"没打着！"在哈里森欢呼的同时，希尔达举起雪球，瞄准欧赞的后脑勺，一发命中。

哈里森朝赫尔曼扔了个雪球，但他故意打偏了。赫尔曼用来回击的雪球都很小，但他打得很准。他向哈里森扔出了一连串的雪球，其中的三个雪球相继砸在了哈里森的胸口、肩膀和胳膊上。四个孩子互相扔着雪球，追逐着，闪躲着，大笑着。可当他们不知不觉来到死亡谷时，笑声瞬间消失了。

"我看到骷髅头了，"欧赞说道，"在那里，山口的那面岩壁上。那块突出的岩石就是骷髅头的前额，再往下，你们看到那些洞了吗？"在组成骷髅头的岩石上部有两个大洞，洞的里面和周围看起来没有什么积雪，所以显得黑漆漆的。"那些洞就是眼睛，中间的三角形空隙是鼻子。"欧赞补充道。

"它没有嘴巴，"哈里森说着，看了看赫尔曼，"是吧？那就是小阿诺德说的骷髅头吗？看起来它也不是很吓人。"

赫尔曼点了点头说道："不过，有时在晚上，爷爷会在像眼睛的那些洞里点上灯，那个时候它的样子看起来就很吓人了。"

铁轨从他们现在所在的地方拐进了山口，哈里森惊讶地发现山口其实很窄，高耸的岩壁让狭窄的山口显得更加幽闭恐怖。人走进去后，回音似乎也被放大了，任何声响都会在山口里回荡，但外面的世界却仿佛陷入了沉默。

不得不承认，从死亡谷的内部看骷髅头，它显得更加阴森恐怖。那对"眼睛"一眨不眨地瞪着人，没有下颚骨的头让人觉得它好像总是大张着嘴巴，仿佛随时都会把他们全都吞下去一样。哈里森细细回想小阿诺德说过的在这里遇到女巫的经历，按照小阿诺德的说法，骷髅头的"眼睛"当时还会发光。此时此刻的情景，让哈里森能够体会当时小阿诺德的感受了。他环顾四周，想知道亚历山大的尸体是在哪里被发现的，可大雪已经掩盖了所有可能的线索，包括纳撒尼尔舅舅昨晚留下的痕迹。这就是舅舅摸黑出门的原因吗？他想赶在下雪之前找到线索？不得不说，舅舅的做法确实很好。

"雾气弥漫，看起来就像是布罗肯山在呼吸，"希尔达抬头望着平坦的山顶，又看了看阴沉沉的天空，"这里出现晴朗天气的时候不多。"

"我改主意了，"赫尔曼颤抖着说道，"我不想去滑雪了。我想回去继续堆雪人。"

"别害怕，"欧赞一边说，一边挽起了赫尔曼的胳膊，"我们保护你。"

赫尔曼紧张地笑了笑，说道："我不是害怕。"

希尔达拉起赫尔曼的另一只手，给了他一个安慰的微笑，轻声说道："如果你很担心，那我们就回去。"

"我不怕。"赫尔曼倔强地说道，尽管他看上去还是一副很害怕的样子。他甩开他们的手，一把抓住欧赞手里的雪橇绳，拖着雪橇大步穿过了山口。

哈里森连忙追了上去。"我们一起坐雪橇怎么样？两个人一起会更好玩。我们说不定可以一路滑到家门口。"他提议道。

赫尔曼点了点头，什么也没有说。

山口大概有三辆普通卡车首尾相连那么长。当他们从另一头走出山口时，哈里森看到脚下延伸的铁轨和另一条爬上布罗肯山的铁轨会合在了一起。山坡两旁是一片由巨大冷杉组成的树林。

四个孩子把两架雪橇放在了雪地上。

"我们先出发！"欧赞说话的同时，希尔达握着雪橇绳，坐在了雪橇的前部。接着，欧赞把双手搭在姐姐的肩膀上，推着雪橇飞快地向前跑了几步，然后猛地跪坐在姐姐的身后。姐弟俩沿着山口的坡道疾驰而下，他们一路高声欢呼，岩壁间回荡着的全是他们欢快的喊叫声。

赫尔曼坐在另一架雪橇的前面，他的膝盖抵着胸口，双手抓着雪橇绳。哈里森张开双腿，坐在了赫尔曼的身后。

"你准备好了吗？"哈里森一边问，一边伸手抓住了身后的铁轨。赫尔曼点了点头，于是，哈里森猛地把雪橇向后顶了一下。

一开始，他们滑得很慢。为了加快雪橇的速度，哈里森将身体不断向前倾。忽然，他瞥见上方似乎有什么东西在动，于是他抬头看了一眼。只见山口顶上好像有一块灰布一晃而过，紧接着他便听到了落石的声音。"松开绳子！"他大喊一声，同时张开双臂搂住赫尔曼，两人侧身滚下了雪橇。滚到雪地上后，哈里森紧紧抱住赫尔曼又翻滚了几圈，直到赫尔曼被安全地夹在了岩壁和他之间。

从他们的身后传来一阵很大的响声，石块和积雪哗啦哗啦地砸在了他们刚刚坐过的那架雪橇上。

女巫的脚印

"你们没事吧？"希尔达大喊着，与欧赞一起朝哈里森他们跑了过来。

哈里森小心翼翼地抬起头，生怕还会有更多的碎石从上面落下来，可此时的死亡谷一片寂静。他拍了拍赫尔曼。"我们没事了，来。"哈里森先站了起来，然后把赫尔曼扶了起来。可怜的赫尔曼正满脸惊恐地盯着那架被砸坏了的雪橇。

"我们几乎就死了。"赫尔曼呼吸急促地低声说道。

"不，"哈里森试图掩饰自己的震惊，故作不屑地说道，"我们头上可能会被砸出一个小包，身上或许会有些擦伤，但也就仅此而已了。走吧，我们离开这里。"他抓住雪橇绳和赫尔曼的手，快步向希尔达和欧赞走去。

"你救了我的命，"赫尔曼瞪大眼睛看着哈里森，"谢谢你。"

"我们是亲戚。"哈里森回应了他一个温暖的微笑。

"你们没事吧？"希尔达问道。

"怎么回事？"欧赞问道。

"我想应该是积雪和你们的喊叫声让一些松动的石头落了下来，"哈里森撒了个谎，"我听到有东西落下来，连忙带着赫尔曼滚到了安全的地方。我可真是眼疾手快。"他把雪橇往前一拉，给他们看了看雪橇满是凹痕和裂开了口的样子。

"啊？"希尔达倒吸了一口气。看到赫尔曼还在发抖，她连忙搂住了他，安慰道："你肯定被吓坏了，赫尔曼。你没事吧？你知道我们现在需要什么吗？一顿早餐。走吧，我们回屋去。我快饿死了。"

"铁轨上还有石块，"哈里森站在原地说道，"我们最好把它们清理掉，就这样放着不管太危险了。"

"我来帮你。"欧赞说道。

"你先带赫尔曼回房间吧。"哈里森对希尔达说道。希尔达点了点头，带着赫尔曼离开了。

"快，跟我来！"希尔达和赫尔曼一离开，哈里森就对欧赞说道。他一边说，一边匆匆往回走，还不时地抬头向山口顶上望去。来到落石旁，哈里森和欧赞弯下腰，开始清理铁轨上的石块。当两个人把那些落下的石块清理好后，哈里森拽了拽欧赞的胳膊。"我们得想办法上去，"他低声说道，"碎石落下来之前，有人在上面。"

哈里森跑向山口，仔细看了看山口下方的岩壁，发现并没有可以直接上去的路。在山口的一侧，也就是他们刚刚滑雪的出发点，他看到雪地上有山羊的脚印，还有一段在冷杉树丛间蜿蜒着爬上斜坡的小道。"这边！"哈里森大喊一声，还没等欧赞跟上来，他便深一脚浅一脚地踩着厚厚的积雪，抓着周围的树枝向更高处爬去。刚刚发生的事情让他感到无比震惊，直到现在，惊恐的感觉才慢慢消退，随之而来的是满腔的怒火——是有人故意把那堆石块推下去的吗？

等他们爬到山口的顶部时，哈里森很清楚，不管自己刚刚看到的人是谁，那人肯定早就走了。

"我们来晚了。"等欧赞爬到他身边时，他说道。

"你刚刚告诉我们，是我们的喊叫声和积雪引发了落石。"欧赞靠在一棵树的树干上，大口喘着粗气说道。

"我那么说是不想吓到赫尔曼。我看到有人在上面。"

"你看到了什么？"

"一件灰色的衣服，不知是不是灰色的斗篷。"

"没看到脸？"

哈里森摇了摇头。

"你觉得会是女巫吗？"

"也许是一个长得像女巫的人。"哈里森一边说，一边爬上附近一块巨大的岩石。他慢慢地转过身，扫视着周围的景色，仔细观察着周围的每一个细节：首先是脚下的景色，然后扩大视野，捕捉更远处的那些直到地平线的细节。他在树干间搜寻人影，留意着山口外的动静。大雪立功了——除了自己和欧赞的脚印，他看到雪地上还有一组更大的脚印。

"你在干什么？"欧赞爬到他身边问道。

"观察。"哈里森指着那一组更大的脚印说道，"我说的没有错。这上面确实有人。你看，这几个脚印很深，应该是这个人

226

把石头踢松的时候留下来的。"他跳下来，在大脚印的旁边留下了自己的脚印，又看着脚印说道："我的鞋是 6 码①。这个脚印比我的大得多。这是一双圆头鞋，看上去像是男人的靴子。"

"要是带了相机，我们就可以拍一张照片了。"

"我带了笔记本，"哈里森从口袋里掏出笔记本和钢笔，"我试试把它画下来。"

"呃，也行。"欧赞露出不太相信的神情。

"你负责放哨。"哈里森不想让欧赞看到自己画画的样子。他必须画得简洁一些，但又要突出两个脚印大小的差异以及行凶者鞋底的纹路。

欧赞点了点头，学着哈里森之前的样子站在石头上扫视着地平线。

哈里森快速画好了自己的脚印，然后在旁边画了另外一个较大的脚印。他猜这个脚印对应的鞋是 10 码，绝对是一双男人的

① 文中所说的鞋码数均为英国鞋码数，
　与国内的鞋码数不同。

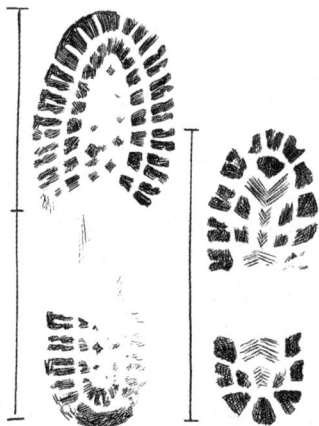

227

鞋。接着，他又画出了鞋底上的纹路，并注意到鞋跟处已经出现磨损。

"哈里森……有人从那边下去了。"欧赞指着脚印朝前的方向说道。

"看看我们能不能追上去。"哈里森说着，收起笔记本，与欧赞一起跳了下去。

两个人弓着腰，半跑半滑地冲下岩石山坡，朝着目标轻手轻脚地追了上去。

"停！"欧赞小声说了一句，接着一把拉住哈里森的胳膊，拽住他在一棵树后蹲下。欧赞把手指放在嘴唇上，然后又指了指前方。

透过覆盖着白雪的灌木丛，哈里森看到了一个披着黑色连帽斗篷的身影，那人正蹲在一棵倒下的树旁，研究着树根。这棵树的树干上布满了枯萎的常春藤。一时间，哈里森紧张得都能听到自己的心跳声了。他看见斗篷底下露出了一双登山靴。就在这时，那人直起了身子，他的右手握着一把木柄小刀。

哈里森屏住呼吸，尽可能把身子缩在雪地里。

树枝被折断的声音和脚步声让披着斗篷的人转过了身。

"芙蕾雅！"欧赞惊讶地低声说道。

拉妲提着一个篮子向芙蕾雅走去。两个女人低声交谈了几句后，芙蕾雅从倒下的那棵树上砍了些东西，接着，她直起身子，把那些东西放进篮子，挽住拉妲的手臂走开了。

"她们刚刚说什么了？"哈里森问欧赞。

"芙蕾雅说大雪让收割变得非常困难，她应该上一次来的时候就把事情办妥。"

"上一次？芙蕾雅不是说她很多年都没回这里了吗？"

"你觉得是芙蕾雅把石头踢下死亡谷的吗？她就是女巫？"欧赞问道。

"我不知道。"哈里森想起了芙蕾雅房间里那口奇怪的铜壶。

"我们现在该怎么办？"

"你能远远地跟着芙蕾雅和拉妲，听听她们在说什么吗？"哈里森说道，"我想回山口去确认一下。"

"好，"一听说要跟踪芙蕾雅和拉妲，欧赞激动地跳了起来，"一会儿童塔见。"

229

第二十二章

惊人的发现

直到欧赞在自己的视线中消失，哈里森才掏出小笔记本。他翻开新的一页，把芙蕾雅画了下来：她头戴兜帽，蹲在地上，靴子从斗篷下露了出来，手里还拿着一把小刀。她谎称自己已经很多年没有回家了，但其实她回来过。她为什么要说谎？她上次回来是什么时候？是在亚历山大去世的那个周末吗？哈里森把素描举到离自己一臂远的地方，猛然发现自己笔下的芙蕾雅的形象像极了女巫。他查看那棵倒下的树，想知道芙蕾雅刚刚用小刀砍下了些什么。很快，他发现了一截被砍断的树枝，

230

上面还有树的汁液留下的痕迹。接着，他又把自己的脚放在芙蕾雅的脚印旁边。他发现芙蕾雅的脚和自己的脚差不多大。这么看来，刚刚在死亡谷的人不可能是她。

哈里森绕到死亡谷的另一侧，回到了他之前抬头看见那个灰色身影的地方。他把整个岩壁仔仔细细地检查了一遍，希望能找到有关落石制造者的任何蛛丝马迹。然而，他只在通道那里发现了一组新的男性脚印。

"嘿，骷髅头，"哈里森对着仿佛在看着自己的石洞"眼睛"说道，"你看到亚历山大死的那晚发生了什么吗？你要是有嘴的话，就能告诉我了。"忽然，他想到了一个主意。他抓住一块岩石的边缘，踩住岩石上凹陷的地方，开始往上爬，一直爬到他能用手够到石洞里面的东西为止。

哈里森把手伸进骷髅头的"左眼窝"，取出了一根烧得只剩下圆圆的底部的大蜡烛。"右眼窝"里也有一根这样的蜡烛。回想起赫尔曼之前说过的话，哈里森不禁有些好奇，这两根蜡烛是老阿诺德之前点燃的吗？老阿诺德点燃蜡烛后就一直把它们留在这里，还是最近才被人拿来？他掸去石头上的积雪，把手指伸进"眼睛"下面的洞——骷髅头的"鼻子"。他感到自己的指头碰到了什么柔软的东西。他倒吸了一口冷气，猛地把手缩了回来。

他挺直身子，向黑黑的洞里瞥了一眼，可什么也看不清。于是，他鼓起勇气，戴上手套，重新把手伸进洞里，并一把将里面的东西拽了出来。由于用力过猛，他一下子失去了平衡。幸好他反应够快，一把扶住了岩壁，没有从岩石上掉下去。

他稳住身体，定了定神，发现自己手里拿着的是一个黑色的打着结的丝质小包。他解开包上的绳结，抽出了两个圆形的盘子。他发现盘子里装的是面部彩绘颜料，他在足球比赛的时候看到过啦啦队的同学用这种颜料涂脸。一个盘子里装着的是白色的颜料，而另一个装着的则是黑色的颜料。看着手上的两盘颜料，哈里森突然起了一身鸡皮疙瘩，他意识到这条线索与亚历山大的死有关。

把盘子放回原先藏着的地方后，哈里森跳到地上，掏出小笔记本，画出了死亡谷的骷髅头，并在发现蜡烛和面部彩绘颜料的地方做了标记。然后，他再次清理了铁轨上的石块。明天早上，送葬列车将经过这里，他可不希望发生什么事故。

远处传来一声高亢凄厉的火车汽笛声。哈里森感到一阵惊喜，他跑出山口，远远地望着布罗肯铁路。渐渐驶近的蒸汽火车发出噗噗的响声，一股深灰色的浓烟从烟囱里冒了出来，火车越来越近，它的样子渐渐清晰——正是他前一天在韦尼格罗德看到的那辆黑红相间的华丽火车。

哈里森顺着铁轨的方向一路奔跑。他拼命地跑着，直跑到上气不接下气了才停下来。火车从他的身边飞驰而过，哈里森朝火车挥了挥手，司机也拉响了汽笛。

火车行驶的速度越来越慢，哈里森看到在克拉森斯坦庄园延伸的支线与主线交会的地方，有一个低矮的、用木头建起的站台。站台上有一个棚子和一张长凳，此时在长凳上坐着的那个人，哈里森一眼便认了出来——是纳撒尼尔舅舅。

哈里森下意识地远离铁轨，躲进了树丛的阴影里。借着阴影的遮蔽，他悄悄地往站台靠近。纳撒尼尔舅舅在车站做什么？他要坐火车吗？

火车停了下来。车厢门咔的一声打开，随后又砰的一声关上。几个想在山上徒步旅行的游客下了车，可纳撒尼尔舅舅仍然坐在长凳上。

火车再次喷出一阵浓烟，在一片蒙蒙雾气中驶离车站，继续向布罗肯山驶去。

纳撒尼尔舅舅站起身，沿着站台走到一块布告栏前，他似乎在看布告栏上的内容。而与此同时，那几名徒步旅行的游客已经离开站台，进入了树林。没过一会儿，纳撒尼尔舅舅走到了站台的尽头，只见他弯下腰，系起了鞋带。再次直起身后，舅舅看了看表，从站台上走了下来。哈里森看到他沿着铁轨向克拉森斯坦庄园走去。

确认舅舅走远后，哈里森穿过供徒步游客使用的登山步道，来到了车站。他坐在纳撒尼尔舅舅刚刚坐过的那张长凳上，左右看了看，然后又上下打量面前的铁轨。接着，他又走到布告栏前查看，可布告栏上除了一则英文写的有关旅游季节时间改变的通告外，其余的都是德文通告。哈里森走到站台尽头低矮的木栅栏旁——舅舅刚刚在这里系过鞋带，他低头看了看，在一些结了冰的落叶和积雪旁蹲了下来。出于好奇，他把手指伸到挂着薄冰的落叶下面，一把将几片落叶掀了起来。但紧接着他发出了一声惊呼，赶紧又放下了那几片落叶。原来，落叶下面居然

有一只死老鼠。

哈里森往四下看了看，试图忽略露在树叶外面的灰色的老鼠尾巴。纳撒尼尔舅舅为什么要来这个车站？他仅仅是来看火车从这里经过的吗？他为什么要浏览几乎全是德文通告的布告栏？他在一只死老鼠的旁边系鞋带，是故意还是偶然？哈里森觉得自己肯定漏掉了什么东西。他看了看灰色的老鼠尾巴——这只老鼠会不会是用来掩人耳目的？他戴上手套，再次掀起盖在老鼠身上的落叶，抓住老鼠尾巴，把它拎了起来。哈里森的一只手把死老鼠举得远远的，另一只手则在雪地里摸索，不过他在雪地里什么也没有发现。

但他发现自己用拇指和食指捏着的老鼠很轻。仔细一看，他注意到老鼠的脖子下面有一条细细的线，似乎是手术刀划过的痕迹。

"这不仅仅是一只老鼠这么简单吧？"他嘀咕着，把老鼠放在地上，扯了扯老鼠的脖子。没想到老鼠脖子上的那条线一下裂开了，直到这时，哈里森才发现那里贴着一条细细的胶布。这个发现让他的心开始狂跳。他发现老鼠身上本该是胃的位置藏着一个被卷起来的纸条。他转过头，向树林里扫视了一圈。

是纳撒尼尔舅舅把这张纸条放进老鼠身体里的吗？他拿出纸条，将它缓缓展开。上面用铅笔写着一串看起来毫无意义的字符，这些字符包括字母和数字，虽然他一时弄不懂意思，但他几乎是下意识地认为这些字符是加过密的信息。

　　哈里森掏出小笔记本，抄下了纸条上的内容。抄完后，他把本子塞回自己的口袋，并以最快的速度把纸条卷起来重新塞进了老鼠的身体。哈里森的手颤抖不止，他知道自己正在做一些不该做的事情，而且他还发现了某件纳撒尼尔舅舅不想让他知道的事情。等把老鼠的伤口重新整理好后，他又把它放回了那几片结了冰的落叶下面。随后，他站起来，装出一副若无其事的样子，慢悠悠地走下站台，顺着铁轨往前走去。就在这时，他不经意地瞥见了树林里一个女人的身影，他侧头看了看，发现那个女人似乎正用她那双黑色的眼睛瞪着他。哈里森想都没想，拔腿就跑了起来。

第二十三章

取得成果

哈里森跑上台阶，来到克拉森斯坦庄园的正门前。门没有锁。进入门厅后，他停下来，喘了口气。忽然，一连串高亢的乐曲声传过来，哈里森顿时感觉自己脖子后面的汗毛都竖了起来。冷静下来后，他又暗暗责备自己太神经过敏了。应该是有人在弹钢琴，很可能是赫尔曼。他反复告诉自己，刚刚在车站的时候，没有人看到他，一切都是他自己的想象。与此同时，他的目光落在了楼梯下的一扇门上。他想起赫尔曼曾经告诉过他们，那里是卫生间。他现在正好需要一个安静的地方，整理一下脑子里翻腾的思绪。

　　刚一推开门，哈里森便发出一声令人窒息的尖叫。出现在他面前的是一头立起来的、两米多高的黑熊，它后腿直立，龇牙咧嘴，两只举在半空中的熊掌张得大大的。哈里森双腿一软，瘫靠在墙上，一边用手捂着自己怦怦直跳的心脏，一边在心里暗暗责骂喜欢用标本来玩吓唬人把戏的老阿诺德。缓过神后，他锁上门，拿出小笔记本，放下马桶盖，坐下来盯着自己刚刚匆忙抄写下来的内容。

$3956\text{-}7.\ N_2OI_1I_1UKO\ WOBONHOR.\ PUO_2OW$
$ROUBT_2NHUT_2OR.\ NC\ AC_2W\ RWNOR\text{-}C_2I$
$UI_1I_2OT_2\ NI_2TT_2\ BAN_2IWAN_2NI_2OR,\ N\ E_2NU_2U_2$
$I_1T_2UTR\ RAE_2T.\ T_2EO\ BUI_1O\ NI_2\ ONT_2EOW$
$TUT_2C_2WUU_2\ AW\ U\ RAN_2OI_1T_2NB\ BWNN_2O.$
$$T_2EO\ I_1NKTUU_2N_2UT$$

　　这是舅舅写的——哈里森认出了纸条上的笔迹。但这是什么意思呢？他瞪大双眼，紧紧地盯着这些字母和数字，希望能从中看出一些规律，或者发现一些能够帮助他理解的线索，但十分钟过去了，他还是毫无头绪。纳撒尼尔舅舅给谁留的加密信息？他和亚历山大·克拉森斯坦的死有什么关系吗？这和男爵以及男爵信里出现的"留神面包师"有什么关系吗？

"我需要希尔达的帮助，"哈里森嘟囔了一句，"她肯定知道怎么破解。"

他站起来，拧开水龙头，洗了洗手，又往脸上拍了些冷水。他很清楚，在自己的脑中开始形成一幅真实的画面之前，事情往往是最混乱的。经过一番思索，他忽然意识到自己饿了。他还没有吃早饭。他想，没有人能饿着肚子思考问题。

他穿过有顶棚的庭院和大厅，来到了厨房。他从桌上抓起两片面包，往里面夹了些意大利腊肠和奶酪。接着，他带着满满的好奇，一边吃，一边朝后门走去。后门外是一个带着围栏的菜园，再往前则是一个颇为壮观的温室。他发现温室的墙上开有一扇门，他走过去，推开了那扇门。门外直接通向火车站台。他看见铁轨上有一节孤零零的黑色车厢——车厢的门把手是锃亮的银色，车窗上挂着黑色的蕾丝窗帘。哈里森立刻反应过来这就是亚历山大的送葬车厢。车厢内传出一个女人凄厉而柔弱的啜泣声，不管是谁正在宣泄悲怆的情绪，哈里森深知自己不应该像现在这样偷听。由于觉得自己像个闯入者，他蹑手蹑脚地折回来，悄悄地关上了门。他走进厨房，从桌子上又拿了些食物，然后便向童塔走去。

希尔达正独自一人在写日记。

"赫尔曼呢？他没事吧？"哈里森问道。

"他去弹钢琴了。他说这样能让他冷静下来。刚刚雪橇的事故把他吓坏了，可他不想让我们告诉大人。他不想让大家在葬礼前为一些小事而大惊小怪，也不想让他妈妈担心。"希尔达停下了笔，"你是他的大英雄。"希尔达对着哈里森咧嘴一笑。

"哈里森！"欧赞抱着一只靴子和一只更大的鞋，气喘吁吁地冲进门来，"你绝对想不到我发现了什么。"

"怎么回事？"希尔达看了看欧赞，又看了看哈里森。

"我们是侦探。"欧赞答道。

希尔达气呼呼地将双臂交叉起来说道："你之前还说当侦探很无聊！是我提出来要调查诅咒的，这是我的案子。"

"我们也没办法，可我们总能找到线索。"欧赞冲着怒气冲冲的希尔达笑了起来。

哈里森看出姐弟俩马上就要吵起来了，他赶紧说道："希尔达，今天早上我和欧赞去火车棚取雪橇时，看到了阿克塞尔的挂坠，就是康妮跟我们说过的那个。"

"上面有 GB 两个字母。"欧赞脱口而出。

希尔达扬起眉毛，大声叫道："戈贝尔·巴贝林?"

欧赞点了点头："我们觉得阿克塞尔可能与女巫有关!"

"我问他觉得亚历山大到底遭遇了什么时，"哈里森说道，"他说'他们必须付出代价'。"听到哈里森的话，希尔达瞪大了眼睛。

"然后我们登上火车，搜查了亚历山大·克拉森斯坦的书桌。"欧赞说道。

"但我们什么也没找到。"哈里森补充了一句。

"而在哈里森和赫尔曼险些丧命后……"

"我们不会死的。"哈里森打断了他。

"希尔达，只是你不知道罢了。"欧赞非常享受像现在这样和希尔达对话，这让他找到了表演话剧的感觉，"我们爬到了死亡谷的顶部，并在那里发现了一些脚印。然后我们看到了芙蕾雅和拉妲，我去跟踪了她们。芙蕾雅一个月前在韦尼格罗德租了房子。亚历山大死的时候，她就住在那里。芙蕾雅跟拉妲说，她真希望自己能在哥哥死之前和他好好谈谈。然后，她们讨论了一下某个计划，但没有具体说是什么。"欧赞看了哈里森一眼，露出了一吐为快的表情。

"希尔达，"哈里森朝希尔达露出了一个大大的笑容，"要想搞清楚这一切，我们需要你的帮助。你对侦查非常在行。"

希尔达的怒容缓和了一些，她的好奇心占了上风。"你为什么拿着靴子和鞋？"她问弟弟。

"我跟着芙蕾雅一起回来了。她脱下靴子，把它们放在了衣帽间，我拿来了一只，"他举起手中拿着的那只靴子，"看，它太小了，和我们在死亡谷顶部发现的脚印对不上。"说完，他又举起手上拿着的另一只鞋子说道："但是这只鞋的尺寸看起来正合适。"

"等一下，我得戴上眼镜。"哈里森一边说，一边掏出了小笔记本。他走到床边，戴上眼镜，把小笔记本翻到画着脚印的那一页，这样希尔达和欧赞就看不到他本子里的其他内容了。"把芙蕾雅的靴子放在地板上。"哈里森说道，欧赞照着他的话做了。哈里森把自己的脚比在了靴子的旁边——芙蕾雅的靴子和他的鞋几乎一样大。"再试试这只鞋。"欧赞说道，他拿走了靴子，把那只鞋子放在了哈里森的脚边。哈里森则把画举起来，方便大家参考。

"这只鞋的大小看起来和脚印的大小差不多，"希尔达说道，"但图案对不上。"

"那是因为哈里森画的是一只靴子的脚印，而那双靴子现在还在它主人的脚上。"欧赞拿起鞋子，意味深长地看了他们一眼，"那是阿克塞尔的鞋。我敢打赌，那个脚印就是阿克塞尔的靴子留下来的。"

"你觉得用石头砸哈里森和赫尔曼的是阿克塞尔？"希尔达警觉地问道。

"他是戈贝尔·巴贝林的亲戚，他在为她报仇。"欧赞说道。

"我们先别妄下结论，"哈里森说道，"我想知道为什么芙蕾雅没告诉我们亚历山大死的时候她其实就在韦尼格罗德。"

"还有，她为什么要冒雪收集那么多植物……"欧赞接过了哈里森的话，抛出了自己的疑问，"女巫才喜欢各种各样的植物，还有那只黑猫……"

"这确实是个谜，"希尔达激动地说道，"让我们来解开它！"

第二十四章

密码分析

"希尔达，你能帮帮我吗？"说完，哈里森在希尔达对面的床上坐了下来。

"是关于这个案子的事吗？"希尔达问道，哈里森注意到她正在用德文在日记本上列清单。

"不，"哈里森有些抱歉地说道，"我告诉我爸爸你说的语言是一种密码，他给我出了个难题，我猜他是想让我破解这些信息，可我不知道该怎么办。"哈里森把他在老鼠身上发现的那些信息展示给希尔达看。

希尔达看着那些信息，研究了一下说道："他就给你了这些吗？"

"嗯。"

"这看起来更像是一段加密后得到的信息，也就是人们常说的密文。"看到哈里森一脸困惑的样子，希尔达解释道，"密文通常指的是把那些要加密的字母或单词加密后得到的信息，而破解密文需要用到密钥。密钥通常是书写者和阅读者之间约定的特别的编码。比如，可以约定用一些特别的数字，例如用电话号码来表示英文字母，嗯……像 0 可以用来表示字母 a，1 可以用来表示字母 b，2 可以用来表示字母 c，依次类推。如果你和我这样约定的话，那么我的名字'Hilda'就可以用'07 08 11 03 00'来表示了。"她又看了看那些信息。"如果你没有密钥，那么现在基本上不可能破解这些信息。当然了，你也可以在里面寻找规律，比如看看里面重复出现的单词或单个字母有什么规律。你看这里，"她指着一处说道，"这里有一个单独的字母 N，那么 N 在这里有可能代表了 I 或者 A——英语中只有这两个字母可以单独作为一个单词。还有这里和这里，反复出现了 T_2EO。但是……"她摇了摇头，说道："这有无限种可能。"

"也许这就是难题所在——我必须猜出密钥是什么，也就是哪些东西可以用作密钥，对吗？"哈里森问道。

"是的，任何东西都可用作密钥。密钥是书写者和阅读者约定好字母表中的内容都被替换成了哪些字母或数字。"她突然面露喜色，指着本子说道，"你看，这条信息的开头是一串数字3956-7。"

"这是什么意思？"

"如果书写者和阅读者约定用来加密的密钥是一本书，那么密钥开头的数字就可能代表了页码，"她皱起了眉头，"这里好像是说密钥在第 3956 页到第 3957 页上。不过……如果这本书有 3956 页，那这本书也太厚了。"意识到这个思路不对，她兴奋的劲头明显消退了。"我不知道，"她一边说，一边把小笔记本还给了哈里森，"我觉得你爸爸把谜题设得太难了，你为什么不找他多要些线索呢？"

"好吧，我去问问。"哈里森一边说，一边故作漫不经心地向童塔的门走去。看来，希尔达和欧赞对于这段密文没有丝毫的兴趣，他们仅仅只是想成为第一个解开诅咒之谜的人罢了。

来到纳撒尼尔舅舅卧室的门口，哈里森敲了敲门，然后耐心地等在外面。

"你好，哈里森。"希尔达和欧赞的爸爸奥利弗从他自己的房间走了出来。

"你好，埃森巴赫先生。我在找我爸爸。你看到他了吗？"哈里森连忙说道。

"我吃早饭时还看到他了，但后来他出去散步了。我猜他肯定也去找山羊了。你听说了吗？一只山羊从羊圈里跑了。"奥利弗咧嘴一笑，"我本来想去帮忙，可贝莎告诉了我私人图书室的钥匙在哪里，我改变了主意，我希望能找到一些可以让我重新审视《浮士德》的东西。"

"这座山，布罗肯山……《浮士德》里也提到了，对吧？"

奥利弗点了点头说道："这是个非常有意思的地方。"

"因为女巫？"

"不仅是女巫。传说一群可怕的猎人骑着马穿过古老的森林，是其中的一匹巨马将布罗肯山的山顶踩成了如今平坦的模样。有关布罗肯山的民间传说数不胜数，我想可能是这里天气比较特别的缘故。"

"天气？"

"布罗肯山常年迷雾环绕，所以才会有那么多的怪象。"

"怪象？"

"是的，"奥利弗哈哈大笑起来，"布罗肯山并非有人们传说的幽灵，这是一种天气现象。如果你爬上山顶，背对着太阳，俯视薄雾，你的影子就会投射在云上。这个角度会让你的影子看上去像是一个带着彩虹光环的巨大幽灵。古往今来的很多登山者都曾被自己的影子吓到过。"

"这个地方的故事太多了，真让人困惑……"哈里森摇了摇头，"而且这些故事似乎都很吓人。"

"这里之所以那么受游客的青睐，正是因为它的历史、古老的森林和野生动物。"奥利弗坦然地说道，"布罗肯山是哈茨山脉的最高峰。第二次世界大战期间，这里的信号塔让它成了盟军轰炸的目标。"

"这里被炸过？"

"是的。战争结束后，由于布罗肯山位于东德和西德的边界处，这里变成了一个安全区——一个军事要塞。山顶周围筑起了一道混凝土墙，任何闲人不得入内，甚至还有边境警卫驻扎在这里……"

虽然哈里森很有兴趣听布罗肯山的历史，但这对他眼下急于寻找破解密文的密钥没有任何帮助，于是他打断了奥利弗的话，说道："埃森巴赫先生，《浮士德》为什么这么特别？书里讲的好像尽是狡猾的魔鬼、放屁的女巫和臭烘烘的山羊。"

"有些部分还是很有趣的，"奥利弗笑着说道，"这本书主要是魔鬼和一个男人的对话，他们在讨论生命的意义：人生是否危险，个人是否不足？书中包含着许多重要的道理，所以这本书才如此重要。'人之所见，皆为内心。'这是《舞台序剧》里的一句台词，在第 170 行左右，不过具体是哪一行取决于用的哪个译本。"

"因为这个剧本是由一行行台词组成的！"哈里森大呼一声，心里像划过了一道闪电，"谢谢你，埃森巴赫先生。你帮了大忙了。"说完，他着急地把手放到了门把手上。

"很高兴能帮到你。"奥利弗一脸困惑地说道。

"我去给我爸爸留张纸条。"哈里森说道，"祝你在图书室阅读愉快。"

"噢，好，肯定会的。"奥利弗点点头，步履轻快地离开了。

屋里没有人。不管纳撒尼尔舅舅从车站回来后去了哪里，看来他没有回这个房间。哈里森将目光直接投向了床头柜——那里没有那本《浮士德》。他扫视了一下整个房间，发现那本书和其他书一起堆在了书桌上。于是，他关上门，跑到桌前，抽出那本书，飞快地翻了起来。之前用来作书签的那张纸不见了。哈里森一边翻，一边仔细看着页边空白处标记着的小小的行号。这个剧本不分幕或场景，只有一行行的台词。他翻到标记着 3956 的那行，拿出小笔记本，将这一行和下一行的内容一起抄写了下来：Up Brocken mountain witches fly，When stubble is yellow and green the crop.①

诗句里又提到了女巫，他的心怦怦直跳。他不想有人发现自己偷偷摸摸地在这里找东西，但他必须搞清楚那段密文到底说了什么。他把书放回那堆书里，跑到门口，再次环顾了一下整个房间。确认没有弄乱任何东西，又确认了房间外面没有人后，他走到了外面。

他急急忙忙地跑过一排客房，来到了最近的一扇敞着的门的前面。这是一间储藏室，里面放着床单和毛巾，还有一堆清洁用品。躲进储藏室后，他关上门，把耳朵贴在木门上听了一会儿，

① 诗句大意：女巫们走向布罗肯山，残梗黄，新苗青。

然后低头看自己的小笔记本。他有密钥了！他转过身来，却看见一只眼神犀利的秃鹫标本正栖息在架子上方的一根白树枝上，一副随时想要对人评头论足的样子。

"你在看什么？"哈里森坐在地板上对秃鹫说道。

他安静地坐着，在笔记本上列出了一个表格，在表中的第一行填上了 26 个英文字母，然后在下面按对应的顺序填上了《浮士德》中的那句台词——按照希尔达说的，这里出现了字母和信息之间的对应关系，应该算得上一个密钥表了。

接着，他开始频繁地在笔记本上来回翻页，对照密钥表和那段密文，翻译后者，希望能破解出密文的意思。

ABCDEFGHIJKLMNOPQRSTUVWXYZ
UPBROCKENMOUNTAINWITCHESFL

他看着密文，密文中出现的第一个字符是 N_2。他不由得皱起了眉头——按照他列出的密钥表，表里并没有 N_2，那么这个 N 和 2 代表着什么意思？他又仔细地看了看自己列出的密钥表，发现在这张表里 N 一共出现了 3 次。

那么，是不是可以把在表中第二次出现的那个 N 标成 "N_2"？把第三次出现的那个 N 标成 "N_3"？哈里森试着用这样的方法把表中第二行的字母按照它们出现的次序给它们添加了下标。标完后，他发现 N_2 对应着表上第一行的字母 M，N_3 对应着表上第一行的字母 Q。

$$\text{A B C D E F G H I J K L M N O P Q R S T U V W X Y Z}$$
$$\text{U P B R O C K E N M } O_2 \; U_2 \; N_2 \text{ T A I } N_3 \text{ W } I_2 \; T_2 \; C_2 \text{ H } E_2 \text{ S F L}$$

哈里森用指尖抵着密钥表，从左向右一个字符一个字符地指过去，他把密钥表中重复出现的那些字母全部按照这种方法标出了下标。标完后，他重新打量了一下密钥表，又深深地呼出了一口气。直到他指到了密文中出现的第一个字 N_2，他用笔把它对应的字母 "M" 在笔记本上新的一页上记了下来。

接着，他开始把密文的第一串字符 "$N_2 OI_2 I_2 UKO$" 对照着密钥表来进行翻译。他发现，按照密钥表，这串字符依次对应的字母是 "M""E""S""S""A""G""E"。他翻开新的一页，写下了翻译出来的信息 "MESSAGE"。

"M……E……"他轻轻地一个字母一个字母地念着，"这个单词的意思是消息！"他成功了！他找到了密钥。很快，他便破译了整个密文的信息：

消息已收到。面包师静默。如果我们干瘪的财产不妥协，我就退出。本案要么是自然事件，要么是家庭犯罪。

信号员

哈里森盯着笔记本上他破译出来的文字。他还是不明白这条信息究竟是什么意思。"面包师"这个词再次出现了，它肯定有什么特殊的含义。哈里森猜"本案"指的应该是亚历山大·克拉森斯坦离奇死亡一事。可"干瘪的财产"是什么？"信号员"又是谁？

第二十五章

信号员

哈里森冷静下来，然后很快意识到，从星期五早上开始，他就没能和纳撒尼尔舅舅好好地聊上一聊。舅舅是不是故意躲着自己？他就是"信号员"吗？事到如今，哈里森不禁觉得自己也许并不像自己想象中的那么了解舅舅。这个念头让他感到一阵强烈的失落，他突然怀念起妈妈温暖的微笑和爱犬贝莉欢快的身影。

他低头看着小笔记本，一阵内疚的感觉又涌了上来。他想尽快找到舅舅，把脑子里嗡嗡作响的问题一口气全问一遍。可如果这么做了，他就必须坦白自己其实一直在暗中调查舅舅的事情。直到这时，他才猛地意识到，对舅舅的调查分散了他的注意力，他的心思早就偏离了男爵拜托他去解开谜题的轨道，而揭开亚历山大死亡的真相其实才是他来到这里的初衷。

　　哈里森收起小笔记本，站起身来，决定重新把注意力集中在自己早上在死亡谷遭遇的险情上——有人朝他和赫尔曼的身上扔下了一堆积雪和石块。他险些忘了自己在骷髅头的"鼻子"里发现的线索。

　　确认四周没有人后，他从储藏室里溜了出来。木制拱门旁边挂着一面金框圆镜。他停下来，对着镜子摘下眼镜，用手把头发往下压了压。

　　"好了，哈里森，"他小声地自言自语，"好好想想。这栋房子里正在发生着某些事情。有人没安好心，是谁？"

　　听到哐当一声，哈里森赶紧戴上眼镜，躲进旁边的阴影里，小心翼翼地盯着走廊。他看到贝莎从通往她房间的走廊里走了出来。她的眼睛肿肿的，哈里森不由得怀疑自己刚才听到的就是她的哭声。他的脑海里再次闪过贝莎房间书桌抽屉里夹着一角纸片的画面。那张纸会是亚历山大消失的遗嘱吗？他踮起脚尖，蹑手蹑脚地走到拐角处，静静地看着贝莎消失在了楼梯的

256

尽头。

"很好，要想知道那张纸片到底是什么，只有一个办法，而现在很有可能是自己唯一的机会。"这个念头在哈里森的脑海中闪现出来。

他悄悄溜进贝莎的房间，直奔她的书桌抽屉。那张纸不见了。他试着拉了一下抽屉，却发现它被上了锁。其他的抽屉倒是没有上锁，但里面也没有钥匙。不管这个抽屉里有什么，贝莎似乎都不想让别人看到。他扫视了一遍整个房间，然后又用手指沿着窗框的顶部摸了一圈，搜遍了所有可能藏钥匙的地方。

"如果我是贝莎，我会把藏着私人文件的抽屉钥匙放在哪里呢？"哈里森自言自语着，他那紧张得怦怦直跳的心脏仿佛就要跳出胸腔。

很快，他想起了贝莎卧室里的那张全家福照片。这是她房间里让人印象最为深刻的私人物品。凭着强烈的直觉指引，哈里森快步走到她的床头柜前，拿起那个放着贝莎全家福照片的相框，把它翻了过来。

"有了！"

相框的背面居然真的别着一把银色的小钥匙。

他颤抖着把钥匙插进了抽屉的锁眼。对上了！就这样，他一边竖起耳朵留意着贝莎的脚步声，一边拉开了抽屉。当他抽出里面的那一叠纸时，一种由成功带来的喜悦和兴奋充盈了他的内心。可粗略扫了一眼纸上的内容后，这种感觉立即云消雾散。他手里拿着的是一些很旧的手稿和信件。那些信件都是用德文写的，所以他几乎看不懂，他只看得懂每一封信都是亚历山大写给贝莎的。有些信件上的墨迹被液体洇开了，哈里森暗暗猜测那是眼泪留下的痕迹。他注意到每封信的末尾都有一个吻的痕迹。他觉得这可能是年轻的亚历山大写给年轻的贝莎的情书。他还是没能找到看起来像遗嘱的东西。

哈里森小心翼翼地把这些信件和手稿放回原处，锁上抽屉，并把钥匙重新别在了相框的后面。他的内心腾起了浓浓的愧疚之情，这种愧疚使得他急切地想要离开这里。他手忙脚乱地把相框放下，没想到相框咣当一声倒在了桌上。他连忙把它扶起来摆好，然后快步走出了房间，回到了走廊上。

"哈里森，"舅舅的声音吓了他一跳，"你在做什么？"哈里森赶紧转过身，只见纳撒尼尔舅舅的脸上带着一副责备的表情。

"应该是你在干什么，信号员？"哈里森没想到自己居然会脱口而出这样的一句话。震惊之余，他屏住了呼吸。

纳撒尼尔舅舅一下子僵住了，他回头看了看，确认这里没有其他人后说道："跟我来。"他平静地把手放在哈里森的背上，领着他沿走廊往回走。

当走进舅舅的房间后，哈里森深感自己要有大麻烦了。

纳撒尼尔舅舅拿起椅子，把它放到房间角落的洗手池的旁边。"坐。"他把手指放在嘴唇上，示意哈里森不要出声。然后他走过去关上了房门。回来后，他把洗手池上的水龙头开到最大，水瞬时哗哗地往池里流着。他坐在床角，身子前倾，头几乎贴到了哈里森的脑袋上。"我想让你把你知道的都告诉我。"舅舅用平静而严肃的语气说道。

哈里森咽了一口口水。"我看到你在火车站，"他尽量用与舅舅一致的声调说道，"我发现了藏在死老鼠身上的纸条。"

纳撒尼尔舅舅叹了一口气，问道："你把它拿走了吗？"

"没，我抄了一遍上面的内容，然后把它放回去了。"

"太好了，"纳撒尼尔舅舅点了点头，"干得好。"

"为什么要把水龙头打开？"哈里森看了一眼洗手池问道。

259

"我想用水声盖过我们说话的声音，免得有人偷听。"

哈里森警觉地看了看门口。"谁会偷听？"他忽然感到一丝恐惧。

"你跟别人说过你发现了纸条的事情吗？"

哈里森摇了摇头。

"很好，"纳撒尼尔舅舅向上推了推眼镜，停下来思考了片刻，"哈里森，我现在要跟你讲的事情是需要保密的，这是一个成年人的秘密。但是，在我告诉你之前，你必须答应我不能把它告诉任何人，谁都不可以，就连你的爸爸妈妈也不可以。"

哈里森感觉汗毛都竖了起来，他说道："我发誓。"

"谢谢你，"舅舅的眼神开始变得有些游离，"信号员就是我，纸条是我写的，也是我放在那里的。"

"信号员？"

"是的。记者生涯刚开始的时候，为了揭露一家采用不正当方式参与竞争的公司，我曾经应聘成职员潜入这家公司，把我了解到的内幕传递出去。为了保护自己，当时我和外面的人联系时用的代号就是'信号员'。"

哈里森瞪着舅舅问道："为什么我从来没有听说过？"

"当时我在公司里用的是假名，我的身份只有几个同事知道。"纳撒尼尔舅舅直视着哈里森的双眼，"那家公司后来受到了惩罚，成为轰动一时的事件。但有人一直对我怀恨在心，总想找机会报复我。我之所以从来没有把这件事情告诉过家里人，是为了不让你们担心，不增加你们额外的负担。"

第二十六章

潜伏者

"那都是很久以前的事了。"纳撒尼尔舅舅解释道,"为了保护我,报社后来就不再让我参与那样的调查了。"

"真的非常神奇。"哈里森的脸上露出了钦佩的神情。

"读大学的时候,我选修过经济类课程,对公司的运营有自己的心得,我还会几种语言,这些都为我潜入那家公司提供了很好的帮助。"

"男爵知道你曾经对那家公司进行过秘密调查,他知道你的潜伏身份!"哈里森猛然想到了这些事情之间的联系,他打了一个激灵，"所以男爵才会写信给你。"

"他给我们写信是因为他不明白这里到底发生了什么，他担心的事情很多，其中有一件事与我之前的工作有关。他希望我能调查一下。"

"留神面包师。"哈里森说道。

"对，留神面包师。"

"这是什么意思？"

"这是一个警报暗号，当有生命危险的时候，传递信息的人才会启用这个暗号。"

"可亚历山大已经死了……"各种事件的碎片在哈里森的脑海中被串联了起来，他突然觉得自己看清了真相，"男爵担心的不是亚历山大，对吗？他真正担心的是老阿诺德。老阿诺德才是那条信息中所说的'干瘪的财产'。"

"你是怎么知道的？"

"塔楼窗户上的模型里藏有一盏红色的信号灯。老阿诺德可以利用他那会动的火车模型打开信号灯。昨晚，你冒着大雪出门时，我注意到那盏灯是亮着的。小阿诺德用蝙蝠捉弄我们时，我也注意到了他身后的红灯。那盏红灯就是信号。"

纳撒尼尔舅舅看上去显得大为震惊,他点点头说道:"使用那个信号代表着他们正在进行交流。"

"给谁的信号?老阿诺德吗?他会和谁用那盏红灯进行交流?"

"老阿诺德壮大了家族的铁路事业,但是他拓展这份事业的道路并非一帆风顺。冷战期间,这个国家里的各方势力背景非常复杂,他的对手很多。老阿诺德曾经派出过商业间谍打入对手内部,获取了很多关于对手的情报。这些情报非常机密,也很有价值,它们并不仅仅关乎商业竞争,还涉及各方势力的斗争。老阿诺德曾把这些情报提供给一些人,给了他们切实的帮助。或者也可以说,老阿诺德在拓展铁路事业的同时,还充当了某些势力的线人。"纳撒尼尔舅舅摇了摇头,"如果老阿诺德动用商业间谍,以及提供情报的事情被对手知道了,那么他一定会深陷麻烦,说不定会因此而招致杀身之祸。"

"你的意思是……老阿诺德认为亚历山大是被误杀的,因为那些人的目标其实是他。"

纳撒尼尔舅舅点了点头,说道:"老阿诺德联系了男爵,因为他觉得自己和住在这里的人都有生命危险。"

"男爵也参与了老阿诺德的商业竞争？"

"不，男爵并不关心这些，他只希望克拉森斯坦家族的铁路事业能够一如既往地兴旺发达。"

"潜伏者真的会在死老鼠身上给对方留信息吗？"哈里森努了努鼻子，"这种方式似乎不怎么巧妙。"

"这种方式叫作用秘密传递点传递情报。"纳撒尼尔舅舅笑了起来，"如果直接见面不安全，潜伏者们就会利用这种方式相互留信息。在柏林时，我拜访了一位老朋友，他告诉了我如何联系韦尼格罗德的一名秘密联系人。我一直和这位代号叫作'北极狐'的秘密联系人用秘密传递点保持联系，但我从未见过此人。此人向我保证事态并没有发展到需要启用'留神面包师'这一警报的地步——老阿诺德暂时没有生命危险。按照这位秘密联系人的看法，老阿诺德的线人身份没有被暴露给对手。"

"按照你的调查和推理，你认为亚历山大是自然死亡，或是死于家庭犯罪。"哈里森重复了一遍秘密信息中的内容。

"对。但我很好奇你是怎么弄明白我的那条秘密信息的。"

"在巴黎时，我发现了男爵信中暗藏着的'留神面包师'的暗号，后来我意识到《浮士德》是破解密码的关键，因为男爵推荐你买了那本书。"如果没有希尔达的帮助，哈里森不可能那么快就破解密码，可他现在还不想让舅舅知道这些。

"嗯。"纳撒尼尔舅舅后退几步，坐了下来，"谢天谢地，还好不是所有人都像你这么善于观察。好了，我说的够多了。你呢？你的调查进展如何？"笑意浮上了纳撒尼尔舅舅的脸庞。

"男爵的感觉是对的——这里确实发生了一些奇怪的事，"哈里森说道，"可我不知道幕后黑手是谁，也不知道动机是什么。"他把自己知道的情况都一五一十地告诉了舅舅——他们找到了一本摘录簿，其中有一页被人折了起来；滑雪时，石块突然从山顶砸到了他和赫尔曼的雪橇上。除此之外，哈里森还跟舅舅提到了阿克塞尔的挂坠以及他对克拉森斯坦一家的奇怪评价。"至于那份消失的遗嘱，我找了好多地方，可都没有发现。欧赞偷听到了芙蕾雅和拉妲的一段对话，原来亚历山大死的时候，芙蕾雅就在韦尼格罗德，而且她和拉妲现在正在计划着什么，可我们并不知道计划的具体内容。"哈里森最后说道。

"芙蕾雅当时在这里？"纳撒尼尔舅舅大吃一惊。

"对，而且她在采集各种奇怪的植物。她房间里有一只奇怪的铜壶，她跟我说那是她用来制作药水的。"哈里森疑虑重重地看着舅舅说道。

"你觉得……?"

"嗯，她养了一只黑猫，还有一套奇怪的像女巫用的东西……"哈里森刚说了几句，纳撒尼尔舅舅便哈哈大笑起来。"怎么了?"哈里森不解地问道。

"芙蕾雅是一名非常成功的香水商。她住在科隆，她在那里有一个实验室，专门为那些出得起高价的顾客制作高级香水。她本人更是以能够嗅出各种罕见的混合香味而远近闻名。我想你也可以说她的香水是一种药剂。"他停顿了一下，"可亚历山大死的时候，她居然就在韦尼格罗德，这确实很奇怪。我很想知道她当时在这里做什么。"

"芙蕾雅有什么理由要把那份消失的遗嘱处理掉吗?"

"她本人已经很有钱了，除非她对克氏集团的控股权感兴趣，可我觉得她对此并没什么兴趣。亚历山大把一切都留给了克拉拉和赫尔曼，这一点让贝莎和小阿诺德起了忌妒心。"

"贝莎爱亚历山大。"

"曾经爱过，但在他死的那天晚上，他们俩大吵了一架。亚历山大雇康妮来照顾老阿诺德，这件事惹恼了贝莎。她觉得亚历山大想趁着这个机会把她赶出克拉森斯坦庄园，也许她是对的。"

"不，贝莎绝对不可能杀害亚历山大。"哈里森想起了她锁在抽屉里的情书。

"似乎没有人想要亚历山大死，"纳撒尼尔舅舅摇了摇头，"所以我才觉得那一定是普通的心脏病发作。"

哈里森微微一笑，说道："能和舅舅一起捋一下思路真是太棒了。伪装成哈里森·斯特罗姆可真不容易。我不喜欢对欧赞、希尔达和赫尔曼撒谎，他们人很好。当间谍肯定也很不容易。"

"非常孤独。"纳撒尼尔舅舅回应道。哈里森点了点头，两个人现在又分享了一个秘密，这让他觉得自己和舅舅更加亲近了。

"不过，你也不会伪装很久了。明天就要举行葬礼，那可能是最艰难的一天。到了周二早上，我们会搭乘火车返回柏林，然后就回家了。我答应过你妈妈节前送你回家。"纳撒尼尔舅舅笑了笑，"等我们登上那列火车，你就可以卸下伪装了。"

"也就是说，我只有三十六个小时的时间来解开亚历山大·克拉森斯坦的死亡之谜了。"哈里森回应道。

第二十七章

送葬列车

一大早，地上就已经积了厚厚的一层雪。雪已经停了，空中依然笼罩着一层白雾。哈里森换上了为参加葬礼专门准备的黑色裤子和夹克，跟着赫尔曼、希尔达和欧赞一起下楼去吃早饭。

经过门口时，哈里森停下脚步，看了看正在屋外工作的阿克塞尔，其他孩子没有留意哈里森的举动，直接去用餐了。红黑相间的老式 99 型蒸汽火车头在送葬列车的最前端喷着蒸汽，紧挨着火车头的是一节阴森森的车厢——亚历山大·克拉森斯坦的棺材就在这节车厢里，再往后的两节空着的木质车厢是留给参加送葬的客人们用的。

"早上好！"阿克塞尔刚好要把水管放到锅炉顶部的舱门处，见哈里森走过来，阿克塞尔点了点头，和他打了声招呼。

"火车准备好了吗？"哈里森问道。

阿克塞尔指了指用螺栓固定在火车头前端的除雪设备。

"他已经在火车上埋头干了好几个小时了，"康妮用大衣裹着身子，站在火车边饶有兴趣地望着阿克塞尔，"他想确保火车

头里有足够的水让它爬上山之后再开回来。"

"确保火车头不会缺水确实非常重要,"哈里森点了点头,"要是没水了,火车头会爆炸的。"

"真的吗?"康妮盯着火车头,"听起来好危险。"

"不过别担心,"哈里森看出了她脸上的担忧,"阿克塞尔肯定知道该怎么做。"

几个小时后,一排小汽车沿着被积雪覆盖的车道,艰难地抵达了克拉森斯坦庄园。希尔达、欧赞和哈里森坐在二楼,俯视着楼下的宴会厅。身材苗条的克拉拉·克拉森斯坦正在那里迎接客人。她披着长发,穿着一条长长的、飘逸的黑色丝绸连衣裙,精美的蕾丝袖口包裹着她那纤细的手腕。她皮肤白皙,蓝色的眼睛里闪烁着泪光,样子惹人怜爱。

"这场大雪恐怕让许多原定要参加葬礼的客人都来不了了,"男爵对纳撒尼尔舅舅说道,"估计最后就是一次小型的家庭聚会。"

"人多人少并不重要。"克拉拉一边说,一边用一块黑色花边手帕擦了擦眼睛。

当一位文质彬彬的男士带着一位女士抵达时,身穿黑色套装的贝莎热情地迎接了他们。欧赞告诉哈里森，那正是医生和他的妻子。

"看，那是玛丽·温克尔曼，"希尔达指着一个看上去有些虚弱的女人小声说道，"她是韦尼格罗德伯爵的远房亲戚。"

"她为什么在这里？"哈里森问道。

"她曾是曼弗雷德·克拉森斯坦的未婚妻。他们还没来得及结婚，他就去世了。"

贝莎在宴会厅内不停地走来走去，贴心地告诉客人们房间一侧的一张长桌子上有为他们准备的咖啡和蛋糕。小阿诺德站在桌子旁边，满脸渴望地看着盛着蛋糕的银盘。

"嗯，德式糖糕。"欧赞嘀咕了一句。

"一种我们在葬礼上常吃的蛋糕，"希尔达解释道，"很甜，加了不少黄油。"

"可怜的赫尔曼，"看到一个男人正俯身跟赫尔曼说着什么，哈里森不禁感叹道，"如果这是我爸爸的葬礼，我可不希望有任何人跟我说话。"

"那人或许只是想表现得友善一些。"希尔达说道。

"这样更糟，"哈里森答道，"我肯定会哭出来的。"

"我们该下去了。"欧赞提议道。希尔达最先站了起来，哈里森和欧赞也站起身来。

"我还从来没有参加过葬礼。"哈里森坦白道。

"葬礼都很无聊，"欧赞拉长了脸，"看着大人们哭可奇怪了。"

"大人们不知道怎么流眼泪，"希尔达对此表示同意，"他们只想把眼泪憋住，结果他们发出的声音很奇怪。"

"真不幸。"哈里森仿佛能体会到大人们那种糟糕的心情。

他们走下楼梯，来到了聚在宴会厅里的人群的边缘。哈里森发现人们都在用德语进行着温和、恭敬的交谈。希尔达小声地为他做着翻译。"那是戈特霍尔德先生，"她转向那个和克拉拉说话的人，抬了抬下巴，"他是韦尼格罗德的市长。他正在向家属表示哀悼。"

就在这时，哈里森看见医生走出了宴会厅，于是他连忙跟了上去。他有个问题想要问问这位医生。最后，他在后门外面找到了医生——医生正站在菜园里，叼着烟斗抽烟。

"你好，我是哈里森。"哈里森和医生打招呼道。

虽然医生被突然出现的哈里森吓了一跳，可他还是礼貌地和哈里森握了握手，说道："梅尔基奥。"

"请问是你为亚历山大·克拉森斯坦做的尸检吗？"

医生张大了嘴巴，惊讶地从金丝眼镜上方盯着哈里森。

"你认为他的死因是心脏病发作？"哈里森继续问道。

"我不这么认为，我知道他是死于心脏病发作，但死因可能并非如此。"

"什么事情可能导致心脏病发作？"

"可能是受到了惊吓……"梅尔基奥医生停顿了一下，"或者听到了某个坏消息。"他把烟斗倒过来，在墙上敲了敲，把里面的东西都倒在了雪地上。"恐惧会导致身体发生应激反应，从而分泌大量肾上腺素。过多的肾上腺素会引发心脏病，而且他的血液里还有威士忌。"梅尔基奥医生说道。

"你认为亚历山大死前受到了惊吓？"

"亚历山大不是那种会一惊一乍的人，"梅尔基奥医生摇了摇头，又沉默了一阵，茫然地望着前方，"他看起来很害怕。那真是太奇怪了。他的指尖上有一种白色的物质，好像是一种白色的颜料。他的衬衫领子上也有——可能是他试图解开衬衫领子时留下来的。"

哈里森猛地想起了自己在骷髅头的"鼻子"里发现的白色面部彩绘颜料，他追问道："他想解开衬衫？"

"这不是小孩子该问的事情。"梅尔基奥医生拍了拍哈里森的头，把烟斗塞进了夹克口袋，"走吧，我们回宴会厅。"

跟着梅尔基奥医生回到宴会厅后，哈里森躲到没人的角落，坐在一把椅子上，拿出了他的小笔记本和钢笔。他先尽量清空脑海里的一切杂念，然后便开始画了起来。

两名悲痛的女性——克拉拉和贝莎围绕在坐着轮椅的老阿诺德身边。这两个女人神情肃穆，她们身上的负担都不小——都要尽她们的努力去为她们深爱的儿子争取亚历山大财产的继承权。康妮站在墙边，她穿着一条全黑的连衣裙，短短的金发整齐地别在耳朵后面，胳膊上还搭着一条毯子，以便老阿诺德随时可以用它来暖暖腿。芙蕾雅穿着一条黑色的裙子，里面是一件高领的长礼服，下摆饰有褶边。她的头发像维多利亚时代的女人那样高高地盘在头顶，她的怀里还抱着贝拉多娜。拉妲站在芙蕾雅的旁边，她穿着一身黑色的长裤套装，头发用黑色的头巾包裹着。纳撒尼尔舅舅正在跟市长和男爵交谈。小阿诺德和欧赞站在摆放着葬礼蛋糕的长桌两边大快朵颐。希尔达挽着赫尔曼的胳膊，可赫尔曼却像个木偶似的目光呆滞，眼神空洞。

　　当换了西装的阿克塞尔走进房间时，哈里森甚至没有能立即认出他来。他洗干净了手上和脸上的污渍，把头发全部梳到脑后扎了起来，原来让他显得邋遢的胡子也被他剃得干干净净。只见他径直走近贝莎，对她低声说了些什么。贝莎点了点头，走过去站在了老阿诺德的身边。

　　"朋友们，我们该上车了，请跟我来。"贝莎说着，转身朝哈里森这边走来。看着她大步走来，哈里森一下子跳了起来，

连忙把钢笔和小笔记本藏在了身后。

很快，大家都默不作声地跟着贝莎走了出去。

哈里森走到了纳撒尼尔舅舅身边。"我和那位医生谈过了，"他低声说道，"他认为有事情导致了亚历山大的心脏病发作，如果有人故意吓他……这算是谋杀吗？"

"如果你想杀了某个人，有很多更简单、更高效的办法。"纳撒尼尔舅舅答道。

送葬火车已经在克拉森斯坦小站等着他们了。

让哈里森吃惊的是，老阿诺德居然从轮椅上站了起来，他

在小阿诺德的帮助下登上了火车。贝莎、克拉拉和赫尔曼也跟着他登上了火车。芙蕾雅把贝拉多娜交给拉妲，也登上了车厢，并关上了车门。拉妲把贝拉多娜放进篮子里，康妮则把老阿诺德的轮椅折叠起来，这两个女人和其他一些客人一起登上了第二节车厢。

"是不是让人毛骨悚然？"希尔达对哈里森嘀咕了一句，然后便和欧赞一起跟着他们的爸爸上了火车。

"我们坐后面的那节车厢吧。"看到哈里森准备跟着希尔达上车，纳撒尼尔舅舅轻轻地把手放在他的肩膀上说道。随后舅舅又压低了声音对哈里森说道："一会儿火车开始爬山时，我们可以站在火车尾部的露台上。"哈里森惊讶地看着舅舅。"参加葬礼的人确实应该心怀敬畏，但没有哪条规定说你不能享受途中的风景。"纳撒尼尔舅舅说道，"亚历山大也很喜欢火车，他会同意的。"

哈里森跟着舅舅登上了第三节车厢，走到了露台上。

随着一声悠长的、散发着悲伤气息的汽笛声，火车驶离了克拉森斯坦小站。它拖着黑乎乎的车厢穿过拱门，经过火车棚和羊圈，向死亡谷驶去。

"你们找到跑掉的山羊了吗？"

"没有，我担心它可能出了意外，"火车接近山口的通道时，纳撒尼尔舅舅说道，"山上有狼。"

"你看到骷髅头的'鼻孔'了吗？"哈里森指了指，"我在那里发现了一个小包，里面有白色和黑色的面部彩绘颜料。"

纳撒尼尔舅舅眼神犀利地看着他。

"'眼眶'里还有几乎被烧完的蜡烛，我认为这是一条线索。梅尔基奥医生说亚历山大的指尖上有白色的颜料。"

从骷髅头的旁边经过时，哈里森和舅舅都沉默地盯着那副可怕的面孔。

送葬列车咣当作响地并入了布罗肯主线。经过哈里森发现的那个秘密传递点所在的车站时，他和舅舅相视一笑。一个十字路口聚集了一群人，当火车缓缓驶近时，他们中的一些人朝火车脱帽致敬。火车发出悲伤的汽笛声，人们低下了头，亚历山大·克拉森斯坦是最后一次搭乘火车从这里经过了。

沿着山坡蜿蜒而上，火车穿过了哈茨国家公园。铁路两旁的树木间挂着被冻住的蛛网，树枝上蒙着一层薄薄的霜，一个个晶莹剔透的小冰柱悬挂在树上。每经过一个拐弯的地方，火车总会发出一阵汽笛声。

随着火车渐渐向山顶驶去，铁路两侧的树木越来越少，积雪却越来越厚。布罗肯山信号塔橙白相间的尖顶从树木之上伸出来，仿佛穿透了云层。它闪烁的红光似乎在与老阿诺德塔楼里的红色信号灯遥相呼应。浓雾飘过树林，仿佛一群精灵在翩翩起舞。蒸汽火车头喷出的灰色烟雾让遮住太阳的低云变得更加厚重。恍惚间，哈里森觉得送葬列车仿佛正在驶离这个世界，驶向一个介于生和死之间的车站。

过了不久，火车驶上一条侧线，穿过被修剪得平平整整的灌木丛，来到了一个有一节车厢那么长、用短木板拼接成的站台前。火车停了下来，第一节车厢中间的两扇门正好对着站台。阿克塞尔从驾驶平台上跳了下来，向车厢走去。纳撒尼尔舅舅跳下露台，跑过去帮助正和折叠轮椅纠缠的康妮。小阿诺德和阿克塞尔拉开了车厢的两扇门，哈里森看到了停放在车厢地面上被白花环绕着的黑色棺材。

克拉拉和赫尔曼手牵着手下了火车，贝莎跟在他们的后面，她的胳膊暂时成了老阿诺德的拐杖。

哈里森走过去，站在希尔达和欧赞的旁边，他们三个人看着男爵、阿克塞尔、小阿诺德、芙蕾雅、奥利弗·埃森巴赫和梅尔基奥医生站到了棺材周围。男爵平静地说了几句话后，他们每个人都抓住了棺材的一个银把手。男爵又喊了一声，六个人齐声抬起了棺材。赫尔曼走过去，与老阿诺德站在了一起，老阿诺德轻轻地拉起了赫尔曼的手。当棺材被抬下火车时，老阿诺德和赫尔曼走到了最前面，默默地领着送葬的队伍穿过树林，来到了一座被常春藤环绕的白色石砌建筑前。

哈里森跟在队伍后面，双眼盯着地面，一边走一边听着雪地上咯吱咯吱的脚步声。一阵阵寒意顺着他的后背爬了上来，头顶树冠上的乌鸦叫声更是让他禁不住打了个冷战。

克拉森斯坦家族的墓地建在山的一侧，它的正面是一个白色的石拱门，顶部有一个安放在底座上的十字架。一位主持葬礼的牧师已经站在门边等着他们了。

举办仪式的地方就像一座微型教堂，里面摆满了鲜花。哈里森和纳撒尼尔舅舅一起坐在了后排。天气冷得他都能看到自己呼出的白气。

仪式开始了。由于所有人说的都是德语，哈里森除了能听懂死者的名字外，其他的什么也听不懂。芙蕾雅站起来，说了句像诗一样的话。老阿诺德也说了几句话。可怜的克拉拉泪流满面，一句话也说不出来。

哈里森仔细地打量着客人们，满心希望能掏出小笔记本画下眼前的这一幕。可就在这时，一声尖锐的怪叫吓得他浑身的汗毛都竖起来了。

"啊！"赫尔曼大声哀号起来。

纳撒尼尔舅舅一跃而起，阿克塞尔也从最后面冲到了前排。

哈里森也站了起来，叫道："他怎么了？"

纳撒尼尔舅舅还没来得及回答，在前排座位上与赫尔曼挨着坐的小阿诺德也惊恐万分地叫了起来。他举起了双手，哈里森看到他的手上正淌着鲜血。

"他们的手上有血！"欧赞叫道。

第二十八章

大骚乱

在场的其他人都忍不住惊恐万分地跟着大叫起来，大家四下逃散，葬礼现场一下子炸开了锅。克拉拉站在那里，用双臂环抱着赫尔曼。赫尔曼则一边歇斯底里地号啕大哭，一边舞动着他那沾满鲜血的双手。小阿诺德大声吼道："谁干的？这是你们谁干的？"

纳撒尼尔舅舅跑到男爵

身边。哈里森快如闪电地掏出小笔记本，尽可能完整地画出了眼前的这幕场景，并捕捉到了其中的许多细节。

主持葬礼的牧师试图让大家冷静下来，但市长先生和玛丽·温克尔曼，以及许多不是家属的客人已经逃出了墓地。哈里森听到外面传来一阵议论："是女巫……""女巫……"

梅尔基奥医生走到小阿诺德身边，检查了一下他的双手，并告诉男爵那确实是真的鲜血。

康妮扶着困惑、虚弱的老阿诺德坐进轮椅，并把毯子盖在了他的膝盖上。她试图让老人冷静下来，可他却一直挣扎着想要站起来。

芙蕾雅和拉妲低头看着对方。她们俩聊得很起劲，根本无视周围的骚动。

希尔达早已经跑到了赫尔曼的身边，她拿着手帕擦拭赫尔曼手上的血。

赫尔曼浑身发抖，看上去已经完全被吓呆了。哈里森感到一阵怒火涌上心头。

这里有人在故意吓唬赫尔曼。虽然小阿诺德学着周围大人的样子一直在大吼大叫，似乎在骂着什么，但哈里森看得出来他其实也很害怕。

在和康妮说话的克拉拉转向老阿诺德，用德语说了些什么。她看起来好像是在恳求他。

"不！"老阿诺德大声喊了一句后，又摇了摇头。他粗声粗气地又说了什么。哈里森收起笔记本，悄悄地靠近欧赞。欧赞低声地告诉他："老人说自己在这座山上生活了一辈子，不想搬到柏林去。"

男爵对阿克塞尔和牧师说了几句话后，牧师转过身，举起双臂，示意大家安静下来。他先说了几句德语，然后便与男爵、纳撒尼尔舅舅、阿克塞尔、小阿诺德和奥利弗一起抬起棺材，庄严地向墓地的后部走去。过了好一阵，牧师折回来跟大家说了几句话。随后，人们走出教堂，轻声地议论着。又过

了一阵，纳撒尼尔舅舅和男爵他们也回来了。

"你还好吗？"纳撒尼尔舅舅低头看了看哈里森，哈里森点了点头。"葬礼结束了。我们准备坐火车回家了。鉴于这一系列怪事，晚宴取消了。"舅舅说道。

"那血是从哪里来的？"

"那是个肮脏的把戏，有人把血倒进了赫尔曼和小阿诺德的手套里。"

"谁会干这种事？"哈里森大吃一惊。

纳撒尼尔舅舅摇了摇头。

"而且为什么要这么干呢？"哈里森补了一句。

同样的路程，下山似乎走得比上山更快。下山的一路上，哈里森和纳撒尼尔舅舅所在的车厢里充斥着客人们低低的互相交谈的声音。

火车刚一驶入克拉森斯坦小站，车上的一些客人就慌慌张张地下车离开了，一刻也不愿多停留。他们匆匆地和老阿诺德握手，向他表示慰问，然后急急忙忙地走向原先停在大门口的小汽车，驾着车头也不回地离开了。

哈里森站在门口，像只鹰似的敏锐地注视着来来往往的客人。他可以清楚地看到站在站台上的阿克塞尔，阿克塞尔正听着芙蕾雅和拉姐表情严肃地说着什么。她们说完后，哈里森看到阿克塞尔指了指火车棚。

康妮看着匆匆离去的客人，啧啧地表示着遗憾，但当她注意到老阿诺德怒气冲冲地坐在轮椅上的样子时，她又低下头，向老人询问着什么，似乎在担心老人的身体状况。

希尔达和欧赞带着赫尔曼去洗澡了，姐弟俩都希望洗个澡能让赫尔曼感觉好一些。男爵、纳撒尼尔舅舅和奥利弗·埃森巴赫在餐厅里低声交谈着。阿尔玛则在努力劝阻克拉拉和贝莎的争吵，克拉拉和贝莎都声称是对方制造了刚刚在墓地发生的那场闹剧。亚历山大的两任妻子从回到庄园起就一直在用德语争吵。时不时地，气急败坏的克拉拉会用手指着贝莎，而贝莎则扬起下巴，脸上还带着一副挑衅的表情。

"你在干什么？"小阿诺德靠近哈里森问道。

"观察所有的人。"哈里森老老实实地答道。

"为什么？"

"我想搞清楚是谁跟你和赫尔曼开了那么可怕的玩笑。"

"你觉得是家里人干的？"

287

"我不知道，"哈里森坦白道，"我听不懂德语。我不知道他们都在说些什么。"

"克拉拉在责备妈妈，说自从他们母子俩来了之后，妈妈就一直想把他们赶走。妈妈很生气，但最让她生气的，还是克拉拉居然觉得我妈妈对我也会做出那种事情。"他看向爷爷后说道，"康妮在劝爷爷吃药。"

"你知道他们在聊什么吗？"哈里森指了指男爵他们。

"遗嘱。通常情况下，葬礼结束后就要宣读遗嘱了，可爸爸的遗嘱不见了。"

"你知道遗嘱不见了？"

"当然，"小阿诺德咧嘴一笑，压低了声音，"妈妈把它烧了。"

"什么？"

"梅尔基奥先生宣布爸爸去世后，妈妈第一时间冲上楼，把自己锁在了书房里。她打开了爷爷的保险箱，保险箱的密码她很多年前就知道了。她拿出爸爸的遗嘱，读了一遍，然后一边哭一边把它烧了。我从音乐室房门的钥匙孔中看到了她所做的一切，"他看了看自己的妈妈，"她是想保护我。"

与此同时，芙蕾雅和拉妲走了进来，哈里森注意到拉妲腋下夹着一个透明的文件袋，里面装有一张纸。哈里森认出了纸上三座山峰的标志。两个女人走近正在争吵的克拉拉和贝莎，低声跟她们交谈了起来。

"芙蕾雅姑姑说她们应该都到餐厅去，她们得谈一谈。"小阿诺德继续翻译道，"走，我们过去听一听，好像很有意思的样子。"

四个女人走进餐厅，并随手关上了房门。

"隔着房门我们根本不可能听到他们在说什么，"哈里森说道，"这门也太厚了。"

"是的，这里是不行，但楼上可以，跟我来。"小阿诺德三步并作两步跳上台阶，哈里森跟着他进入了老阿诺德存放铁路模型的房间。"这里。"小阿诺德小声说了一句，并招手把哈里森叫到了连接着餐桌的隧道入口旁。他们低下头，侧耳听着隧道里传出的声音，哈里森现在能够清晰地听到楼下大人们的谈话声，只不过所有人说的都是德语。

"我听不懂，帮我翻译一下。"

小阿诺德挥了挥手，示意他别说话。

"拉妲正在说话。她是一名律师。她说，由于遗嘱不见了，家人们必须尽快决定接下来该怎么办。妈妈说她质疑遗嘱的真实性，因为那份遗嘱剥夺了我的继承权，她说我应该享有继承权。"小阿诺德扬起了眉毛，"拉妲说，作为配偶，克拉拉在法律上有权享有爸爸的财产。除掉分给其他继承人的部分，爸爸其余的财产将由我和赫尔曼平分。"接下来很长一段时间，小阿诺德只是静静地听着，什么也没有说。哈里森打量着他的脸，试图弄明白楼下发生了什么事情。

"他们在说什么？"

"如果他们就这样分割爸爸的财产，那在柏林的房子我也有份。妈妈想让克拉拉用她继承的克氏集团的股份交换我在柏林的房子的部分所有权。拉妲说，如果两位女士能就她们之间的继承权问题达成一致，且没有其他要求，那么她们就可以达成庭外和解。爷爷觉得这是最好的办法。"他眨了眨眼睛，"妈妈说她打算和我搬到柏林去，爸爸去世前在克氏集团给我安排了一份工作。我是第一个知道的！"小阿诺德扬起了眉毛，看起来很高兴。但很快有什么东西把他的注意力再次拉回了隧道口，只见他皱起眉头，把耳朵紧紧贴了上去。听了一会儿后，他整个人都僵住了。紧接着，他一脸震惊，转向了哈里森。

"怎么了？怎么了？"哈里森急切地问道。

小阿诺德没有回答。他还在听，但他的表情却越来越阴沉，越来越愤怒。

"发生什么了？"

突然，小阿诺德向他扑了过来。他一把掐住哈里森的脖子，把他推到了墙上，叫道："是你干的！"

被小阿诺德用手掐住脖子的那一瞬间，哈里森感到一阵恐慌，他忍住怒气问道："你在干什么？这是怎么回事？"

"你们这些英国佬，"小阿诺德啐了一口，"你们自以为很聪明。"

"我不明白。"

"芙蕾雅姑姑和拉姐识破了你爸爸卑鄙的计划。她们在我爸爸的书桌里找到了一些文件。你这个小英国佬，是你把血倒进我手套里的吗？"小阿诺德用手指头凶狠地戳了戳哈里森的脸，"小心我打破你的头。"

"什么？"哈里森震惊不已，小阿诺德的话让他感觉就像被一桶冰水泼在了身上，"我没有！我……"

"他们都知道了！"小阿诺德指着隧道说道，"拉姐找到了你爸爸写给我爸爸的信。"他松开哈里森，后退了一步，接着说道："你最好下楼去跟你爸爸道个别。警察就在楼下，他们正准备逮捕你爸爸。"

第二十九章

捣乱

哈里森火速冲下楼梯，可当他到达餐厅时，里面已空无一人。他又飞快地穿过房子，来到大门口。前门大开着，路边停着一辆闪着蓝灯的白色汽车，车旁还站着警察。男爵正在和一位警察交谈。芙蕾雅、拉妲和贝拉多娜坐上了院子里停放的汽车中的一辆。纳撒尼尔舅舅已经和奥利弗·埃森巴赫一起坐在了另一辆警车的后排。他转过头，正好看见了哈里森。哈里森本想大喊一声，可他不知道自己是该叫"爸爸"还是"纳撒尼尔舅舅"。就在他犹豫的时候，警车突然开走了。

"哈里森。"阿尔玛轻轻地把手放在他的肩上。

"发生了什么？他们为什么要抓我……爸爸？"

"纳撒尼尔要去协助警方调查，他委托我在此期间照顾你。"她把哈里森的身体转过来，让哈里森面朝着自己，"我们到塔楼去找希尔达和欧赞吧！"

阿尔玛领着他回到屋里时，正好遇上克拉拉和贝莎从图书室里走出来。两个女人冷冰冰地瞪着哈里森，看来对纳撒尼尔舅舅的厌恶让这两个女人站到了一条战线上。

"出什么事了？"哈里森问阿尔玛。

"芙蕾雅坚信你爸爸和亚历山大想让老阿诺德卖掉这栋房子和这块地。她说她有证据证明这一点——几封写给亚历山大商讨此事的信件上有你爸爸的签名。"阿尔玛拉着他走进了电梯，并按下了前往塔楼的按钮，"我相信这一切都有一个合理的解释。沃尔夫冈会搞清楚一切的。现在，我必须回到克拉拉和贝莎身边。我觉得你现在最好和希尔达、欧赞一起待在塔楼里。"

电梯停了。哈里森走出电梯，转过头准备对阿尔玛表示感谢，可电梯门已经关上了。

"怎么回事？"欧赞站在窗口旁问道，"我看到警察了。"

"你没事吧？"坐在炉火边地板上的希尔达站起身来问道。

"赫尔曼呢？"哈里森问道。

欧赞指了指赫尔曼床上卷成一团的鼓包。

"他洗完澡就睡下了，"希尔达轻声说道，"他今天遭的罪已经够多了。"

"很好。"哈里森跑上螺旋形楼梯，走到角楼的窗口，把手伸进铁路隧道模型中，按下按钮，打开了红色的信号灯。然后他又走下了楼梯，在希尔达的床边坐下，摘下了眼镜，说道："我得告诉你们俩一件事。"

欧赞和希尔达立刻饶有兴趣地坐到了他的对面。

"我不是你们以为的那个人，我和你们或赫尔曼都没有血缘关系，我一直在骗你们。"他看到希尔达和欧赞的表情渐渐发生了变化，"我叫哈里森，我确实住在克鲁，可其他的事情都是编造的。我不姓斯特罗姆，我姓贝克。"希尔达张了张嘴想要说些什么，可又打住了。哈里森继续说道："我叫爸爸的那个人也不是纳特·斯特罗姆。他的真名叫纳撒尼尔·布拉德肖，我也不是他儿子，我是他外甥。"

"我们不是亲戚？"欧赞看上去非常困惑。

哈里森摇了摇头,说道:"我们没有血缘关系,但我真心希望我们是好朋友。"

欧赞往后靠了靠,眯着眼睛看着哈里森,就好像这是他俩第一次见面一样。

"我舅舅和我,我们是……侦探。你们的爷爷让我们来调查赫尔曼爸爸的死因。他不想让警察插手这件事情,所以让我们伪装成你们的远房亲戚来调查。"

"你们是侦探?"欧赞问道。

"噢!"希尔达叫了一声,突然跳起来,对弟弟说道,"他是那个铁路侦探男孩!爷爷跟我们说过他的事情,他之前在一列蒸汽列车上破获了珠宝盗窃案。"

"对,那就是我。"

"怪不得你总在笔记本上涂涂写写,"希尔达恍然大悟,"你不是在写字——你是在画画!"

"画画能帮助我思考。"

"你现在为什么要告诉我们这些?"欧赞问道。

"因为我需要你们的帮助。我舅舅刚刚被警察逮捕了,我觉得我们可能都有危险。"

希尔达倒吸了一口冷气。

"芙蕾雅和拉妲声称她们找到了证据，可以证明我舅舅企图买下这栋房子。欧赞，你还记得我们在火车车厢里亚历山大的那个书桌里找到的文件吗？嗯，贝莎也发现了它们，而且她认为那是我舅舅寄来的。"

"可我们为什么会有危险呢？"希尔达一边说，一边偷偷瞟了一眼还在熟睡的赫尔曼。

"因为把鲜血倒进手套、用石头砸雪橇的人还在这里，"哈里森看看希尔达，又看看欧赞，"现在，我们都得当侦探了。"

"我们该怎么办？"看着希尔达惊恐的表情，欧赞连忙问道。

"首先，我们得让老阿诺德告诉我们巴贝林夫人诅咒的真相。"

"那我们还等什么呢？"希尔达一下子蹦了起来。

"哈里森，"当他们三个人冲下楼梯时，欧赞小声说道，"先是把鲜血倒进手套，然后又栽赃陷害你的舅舅，这些会不会都是芙蕾雅和拉妲那个计划中的一部分呢？"

"可为什么呢？芙蕾雅的动机是什么？"

"我不知道……也许，因为她们也是女巫？"欧赞胡乱猜测道。

"芙蕾雅不是女巫，她是一名香水商人。"哈里森说道，"把血倒进赫尔曼手套里的人肯定是一个冷血且工于心计的家伙。"

来到楼梯后，哈里森用手指抵住嘴唇，示意大家不要发出声音。三个人蹑手蹑脚地走进了走廊。他们听到了小阿诺德房间里传出的震耳欲聋的摇滚乐声。一想到小阿诺德刚刚怒不可遏的样子，哈里森不由得皱了皱眉头，露出了一副苦相。

他们轻轻敲了敲老阿诺德房间的门，可等了很久都没有人回应。哈里森又敲了一次，并把耳朵贴在门上，可他还是什么都没有听到。于是，哈里森深吸一口气，拧了一下门把手，打开了房门。

这个房间很大，它被分成了两部分：一部分作为客厅，桌子上放着一幅未完成的拼图，再远一点儿便是通往铁路模型室的双扇门；另一部分则作为老阿诺德的卧室，老阿诺德的轮椅停在一张四柱床的旁边。老人此刻正闭着眼睛，躺在床上。

"现在怎么办？"欧赞小声问道。

"我们把他喊起来。"说着，哈里森走到床边，清了清喉咙，

"打扰一下，克拉森斯坦先生。"老人没有回应。哈里森俯下身，摇了摇老阿诺德的胳膊，问道："克拉森斯坦先生？老阿诺德？"老人的头歪向了一边，可他还是没有醒来。哈里森忽然感到了一阵恐惧。

"他是不是……死了？"欧赞低声问道。

"不，"希尔达举起床头柜上的一瓶药摇了摇，"你们看，他服用了镇静剂。他还在呼吸。"

看到老人的胸脯还在稳定地上下起伏，哈里森松了一口气。刚刚的紧张一下子消失了，他觉得两条腿有些发软，于是顺势靠在轮椅上，勉强稳住了自己的身体。

"我们没有办法询问一个没有意识的人，现在该怎么办？"欧赞走到窗前，"嘿，又开始下雪了。"

哈里森走到欧赞身边。雪花如梦如幻般地从窗前飘过。"为什么火车还在那里？"哈里森低头看了看刚刚停车的地方，"我还以为阿克塞尔会把它停进火车棚。"

"看——靴子！"欧赞指了指门边的一个鞋架。他走过去，拿起了鞋架上一双步行靴中左脚穿的那只，"你画的雪地里的脚印还在吗？"他问哈里森。

哈里森掏出小笔记本，这时，男爵当时给他们的斯特罗姆一家的照片飘落到了地板上。就在哈里森弯腰去捡照片的时候，欧赞把老阿诺德的靴子放在了哈里森的脚边。欧赞和哈里森比较了一下鞋子的大小，他们又把靴子翻过来，打量着鞋底——鞋底上的纹路和画中脚印的纹路一模一样。

"对上了。"欧赞说道。

"可老阿诺德不可能爬到死亡谷的顶上去。"希尔达提出了不同的意见。

"不可能吗？"欧赞说道，"我们都看到他在葬礼上走路了。"

三个人齐刷刷地转过头，看着熟睡的老人。

"他可能还要睡几个小时才会醒来，"希尔达说道，"我们得问问康妮，镇静剂的药效会有多久。"

"好主意。"说着，哈里森走出房间，敲了敲对面的房门。没想到也没有人回答。"大家都去哪里了？"他嘟囔了一句，转了转门把手，推开了房门。

"确定这是她的房间吗？"看着眼前空荡荡的房间，希尔达问道。房间里看不到任何私人物品，床铺已经整理好了。

哈里森走向衣橱，衣橱里面有衣架，但没有衣服。他打开浴室的门，发现水槽上没有牙刷。

他看了看另外两个人，叫道："她走了！"

"你觉得她是被诅咒吓跑的吗？"希尔达问道。

"她说她会在葬礼结束后离开这里，"哈里森回应道，"但我没想到她这么快就走了。"他回想起这个警告他赶紧离开克拉森斯坦庄园的可爱的护士，然后又看了看从刚才就拿在手上的照片，一切似乎都对得上了。"你们觉得是谁雇用康妮来照顾老阿诺德的？"他一边向楼梯奔去，一边问希尔达和欧赞。

"贝莎。"希尔达的话音刚落，欧赞却给出了另一个答案："亚历山大。"说完，姐弟俩都愣了一下，疑惑地看着对方。

"她六个月前来这里照顾老阿诺德，"哈里森一边说，一边一步两个台阶地向下跳着，"但有人知道在那之前她在哪里吗？"

"贝莎肯定知道，"希尔达说道，"她肯定会面试要来家里的护士。肯定有介绍人。"

"可阿尔玛却告诉我，亚历山大雇用康妮照顾老阿诺德这件事让贝莎非常难过，因为贝莎觉得自己要被扫地出门了。"哈里森说道。

"对，是亚历山大雇的她，"欧赞说道，"我听到了。"

"可我还听到了克拉拉说的话，她说是贝莎雇用的康妮，而且亚历山大知道后还很不高兴。"哈里森继续说道。

"那到底是谁雇的康妮？"希尔达一脸惊恐地问道。

"没有人雇她。"哈里森说着，快步穿过房间，来到庭院里的小站台上，送葬列车还停在那里。"老阿诺德不可能爬上死亡谷，但康妮可以穿上他的靴子爬上去。"哈里森说道。

"你慢一点儿。"欧赞喘着粗气，好不容易追上了在站台上盯着火车看的哈里森。

"火车不该停在这里，"哈里森说道，"按理说阿克塞尔应该把它开走了。阿克塞尔在哪里？"

孩子们大声呼喊着阿克塞尔的名字，在庭院里找了一圈。

"他的房间在铁轨的对面，"欧赞指了指不远处，"他就住在火车棚的边上。"

他们绕过喷着小团蒸汽的火车头，砰砰地敲着阿克塞尔的房门。没有人回答。他们又跑到窗边喊了几声，可窗户里一片漆黑。

"你觉得阿克塞尔有可能知道康妮在哪里，是吗？"欧赞问哈里森。

"嗯，他们有可能在一起，"希尔达说道，"还记得他的挂坠吗？"

"猜测对我们没有任何帮助。"哈里森沮丧地说道，"我们去火车棚看看。"

他们匆匆地向火车棚跑去，雪花在他们身旁不停地打旋。天渐渐黑下来了，哈里森看到火车棚里亮着灯。

"他在那里！"欧赞指了指火车棚，三个孩子都看见一个穿着白衬衫和西装裤子的人正俯身趴在一辆工具车的上面。

哈里森一个箭步冲了上去，因为他注意到了其他人没有注意到的细节——阿克塞尔的姿势一直没有改变。

"阿克塞尔？"哈里森注意到地板上有一小摊血迹。他连忙举起手，示意希尔达和欧赞先不要过来。地上有一把扳手，上面也沾有血迹，它应该就是被用来袭击阿克塞尔的凶器。"不要碰，"他指了指扳手，"上面可能有指纹。"

哈里森俯身看了看阿克塞尔，只见他的头发乱成一团，沾满了鲜血。哈里森屏住气，把手指轻轻地放在了阿克塞尔的脖子上。他发现阿克塞尔还有体温，脉搏也还在跳动，松了一口气，低声叫道："他还活着！"

"他看起来伤得很重，"希尔达说道，"我们得救他。"

伴随着一声呻吟，阿克塞尔动了动。希尔达小心翼翼地避开扳手和血迹，跪在阿克塞尔的身边。她一边将手放在他的胳膊上，一边把脸凑了过去，说道："阿克塞尔，听我说，你受伤了，有人打了你的头。"

"她在向他解释有人攻击了他。"欧赞对哈里森解释道。

阿克塞尔扶着工具车，努力抬起头，盯着三个孩子看了看，然后环顾了一下火车棚。哈里森、希尔达和欧赞则默默地看着他。

"火车头在哪里？"① 阿克塞尔问道，这种低低的伴有呻吟的声音表明他依然非常痛苦。

"他想知道火车头在哪里。"欧赞说道。

"还在房子旁边的铁轨上。"希尔达用轻柔的回答安慰他。

"不！"阿克塞尔转向哈里森，他深色的眼眸中透露着巨大的恐慌，"锅炉里没有太多水！"他试图站起来，可身子一晃，又瘫倒在地上了。

---

① 原文中，阿克塞尔以下所说的话均为德语。

"他说什么？"哈里森抓着希尔达的胳膊问道，"他说什么了？"

　　"他说锅炉里没有太多水，"希尔达看着哈里森，"这是什么意思？"

　　"要爆炸了！"阿克塞尔用尽力气大声喊道。

　　而哈里森已经以最快的速度向房子冲了过去。

第 三 十 章

火车头炸弹

冲向房子的同时，一连串的问题在哈里森的脑海中盘旋。康妮现在究竟在什么地方？是她袭击了阿克塞尔吗？为什么火车没有停到火车棚里？他跑得越来越快，大口喘着粗气，飞舞的雪花扑进他的嘴里，险些把他噎住。

当他飞奔着穿过拱门时，冒着蒸汽的黑色火车头正好面对着他，克拉森斯坦庄园则在它的旁边。哈里森穿过庭院，顺着台阶跳上站台，跑到火车头和车厢连接的地方，拼尽全力想要把沉重的车钩从火车头上解下来。

"你在做什么？"小阿诺德从后面抓住哈里森，将他拖离了火车。

"小阿诺德！帮帮我！"哈里森呼喊道，"锅炉里没太多水了，但它还在燃烧。"他指了指火车，小阿诺德顺着他的方向看向火车头。"我们得做点儿什么！"哈里森大声喊道。

小阿诺德的视线离开了火车头，他看到欧赞和希尔达吃力地搀扶着阿克塞尔走了过来。他看着哈里森问道："究竟发生了什么？"

"有人袭击了阿克塞尔，"哈里森一边说，一边从小阿诺德的手中挣脱出来，"是阿克塞尔让我来的。我们得赶在火车爆炸前把它从房子旁边弄走。"

"爆炸？"小阿诺德看上去有些惊慌失措。

"帮帮我！"哈里森大喊着，再次向车钩扑了过去，"没时间了！"

小阿诺德跑到他的身边，两个人合力搬起了那个沉重的车钩。缓冲装置上的力量一下子减小了。看到火车头已经脱钩，哈里森想都没想就跳上梯子，登上了驾驶室。驾驶室里很热，铲煤用的铁锹被扔在一旁，锅炉里正燃着熊熊大火，煤都烧得

307

发白了。哈里森的心脏剧烈地跳动着。他看了看那些仪表,指针在红色的区域颤抖不止。哈里森知道这种 99 型火车头是有着一百多年历史的老古董。火车头的年代越久,就越容易生锈被腐蚀。他看了看驾驶室里的那些控制杆和阀门,暗自祈祷阿克塞尔已经把锅炉里可能出问题的承压部件全都换过了。

"如果火车头爆炸,那会炸毁整栋房子的!"小阿诺德抬头看了看房子,"爷爷在哪里?"

"睡着了,在床上。"

哈里森和小阿诺德对视了一下,两个人的想法不谋而合:如果火车头爆炸,那么房子就会倒塌,老阿诺德无疑会因此而丧命。

"欧赞!"小阿诺德大吼一声,与此同时,希尔达和欧赞正艰难地把阿克塞尔扶到庭院里。"跟我来!"小阿诺德转过身,一边朝房子跑去,一边大喊道:"着火了!快离开房子!"

阿克塞尔撑着自己的身体,靠在庭院的墙边。这样一来,欧赞就可以去帮小阿诺德了。

希尔达冲着哈里森大声喊道:"阿克塞尔要你松掉刹车阀!"

哈里森把手伸向了一根红色的控制杆。在如此高温的驾驶室里,就连控制杆也热得烫手。

"我能做到!"哈里森把心一横,用力一推,松开了那根红色的控制杆——火车真的用像蜗牛爬行一般的速度缓缓地动了起来。

他听到阿克塞尔用德语喊了句什么。

"油门!"希尔达大声翻译道,"加速!"

哈里森咽了口唾沫,动了动他认为是用来控制速度的那个阀门。火车头发出了一声呼啸,开始沿着铁轨缓慢前进。哈里森双手颤抖,感到口干舌燥。谢天谢地,火车头好歹是动起来了。滚滚浓烟不住地从烟囱里冒出来。哈里森抓住火车铃绳,疯狂地摇晃,用铃声提醒人们有危险。他一遍又一遍地摇着铃绳,火车头在急促的铃声中穿过拱门,慢慢驶出了庭院。

在昏暗的天色和纷飞的雪花中,哈里森顺着铁轨的方向望去,远处闪现的某个物体让他心里猛地一沉——铁轨分岔处的道口把火车头的方向分成了两个。

"希尔达!"哈里森大喊一声。

听到喊声的希尔达向哈里森飞奔而来。哈里森连忙指向铁轨大喊道:"道口!改道口!"

希尔达加快了奔跑的速度,她超过了缓慢行进的火车头,跑到了道岔的旁边。她抓住那根金属杆,用力地扳它,可它却纹丝不动。

眼看火车头越来越靠近希尔达了,哈里森感受到心中巨大的恐惧。他大声为希尔达呐喊加油。希尔达扑到道岔的另一边,使出浑身的力气拼命地推动那根杆。只听道岔嘎吱一响，铁轨在火车头即将驶过的瞬间让火车更改了方向。就这样，火车头往死亡谷的方向驶去了。

哈里森朝希尔达竖了个大拇指，然后又把用来调节速度的阀门稍稍开大了一些，并暗自祈祷锅炉里有足够的蒸汽，能够让这个蒸汽火车头尽可能地远离房子。

阿克塞尔靠在墙上，一手捂着头，另一只手拼命地朝哈里森挥舞着，嘴里大喊着。哈里森也朝他挥了挥手，他不知道阿克塞尔大声喊的是："跳啊，笨蛋！你会死的！"①

哈里森朝阿克塞尔竖起了大拇指。他简直不敢相信自己竟然成功了！他把火车头带离了克拉森斯坦庄园。每过一秒钟，火车头便离这幢房子和里面的每个人更远一些……忽然，哈里森的脑海里闪过了一个让他毛骨悚然的想法。"赫尔曼！"他大喊了一声。赫尔曼还在塔楼里。如果火车爆炸，塔楼垮塌，赫尔曼必死无疑！

小阿诺德和欧赞应该去救老阿诺德了。哈里森回头看了看，希尔达正扶着阿克塞尔站起来。可没有人去救赫尔曼。哈里森

---

① 此处阿克塞尔所说为德语。

看了看刻度盘。火车爆炸的威力有多大？他不知道火车还要走多远才能保证赫尔曼的安全。

他从车里探出身子，顺着铁轨望向死亡谷。如果他能在通道里让火车头停下来，高大的岩壁或许可以抵挡爆炸的威力，保护房子。可哈里森又不敢随便碰那些控制杆或阀门，生怕自己的不当操作会让火车头突然停下来或者引发爆炸，他只能默默祈祷火车头能继续向前行驶。时间似乎慢了下来，哈里森站在驾驶室里看着铁轨，然后又看了看死亡谷，努力不去理会脑子里的尖叫声："你驾驶的是一颗炸弹！你驾驶的是一颗炸弹！"

"快，99型，你可以的！"他开始为火车头加油打气，希望它能跑得再快一些。

他从驾驶室里再次探出身子，估算着到死亡谷的距离。就在这时，他瞥见一个身穿灰色斗篷、站在岩石上的女人的身影。可当他仔细再看时，那个身影却不见了。他在心里骂了自己一句——事到如今，他很清楚关于克拉森斯坦庄园的诅咒只是人们口中的一个故事，根本就没有什么女巫。

火车越来越接近死亡谷，哈里森的心脏跳得越来越快，胃里开始一阵阵恶心。强忍着身体的不适，他仔细查看了一下水位表，轻轻地敲了敲它，表里的指针稍微晃动了一下，似乎在告诉他锅炉里只剩下一点点水了。他看了看自己眼前的几根控制杆，认定了其中的一根是用来把水释放到锅炉里的控制阀。他颤抖着，把手放在了这根控制杆上。

"不！"他听到了一声喊叫。

一个披着斗篷的身影闪了进来，抱住了他。他大叫一声，挣扎着抓紧了那根控制杆，可那个人把他拦腰抱得更紧了。一股力量袭来，他感到自己被抱着滚出了驾驶室！

尽管铁轨两旁是厚厚的积雪，但哈里森还是明显地感到了疼痛，抱着他的那个人并没有松手，两个人就这么抱着在雪地里不停地翻滚。

一阵震耳欲聋的爆炸声传来。就好像是世界上所有的声音和亮光都要赶在这个时刻聚在这里发出一样，一时间火光四射，地动山摇。

第三十一章

兄弟携手

哈里森一动不动地躺在地上。他全身疼痛难忍，只听到各种响声在自己的耳边响起，又觉得这些声音在离自己远去。当再次睁开眼睛时，他深吸了一口气，动了动自己的手脚，他感觉自己应该没事了。他小心翼翼地坐起来，发现自己被卡在岩石的缝隙中，头顶上是那些高高的岩石。

他扫视了一下四周，目光所及的是冒着热气的火车头外壳的碎片。99 型火车头嵌到了滑下来的巨石中，死死地卡在了曾经是死亡谷通道的位置。车上的金属管道被炸断了，从车身狰狞地伸出来，张牙舞爪地显示着爆炸的威力。山口那个巨大的骷髅头也被炸得支离破碎。

哈里森用双臂环抱住自己，意识到自己能活下来已经很幸运了，多亏了周围的岩石，这些高大的岩石帮他挡住了爆炸的冲击和被击起的碎石。他的脑子里出现了那个抱着他从驾驶平台上跳下来的身影。那个人似乎消失了，可不管那个人是谁，他都救了哈里森的命。

哈里森摸了摸自己的头和脖子，然后慢慢站了起来。眼前的景象简直和战场一样。爆炸产生的金属碎片挂在树枝上，还在冒着白汽，雪花落在上面发出咝咝的响声。哈里森隐约看到了蝙蝠的影子，看来刚刚的大爆炸吓得它们飞出了塔楼。

塔楼！哈里森猛然反应过来，连忙转过身。看到塔楼依然耸立在那里，他长舒了一口气，但随之而来的是一阵猛烈的头晕目眩。

就在这时，哈里森听到了一声叫喊，希尔达和欧赞踏着雪向他跑来。希尔达的脸上淌着泪水，看到哈里森一瘸一拐地向自己走来，她赶忙张开了双臂。

"我以为你死了！我以为你死了！"希尔达一把抱住哈里

315

森，激动地喊道。

可哈里森却往后缩了缩，说道："疼！我身上应该是受伤了。"哈里森看着欧赞，小心翼翼地问道："大家都还好吗？有人受伤吗？塔楼怎么样了？赫尔曼呢？"

"嗯，大家都没事，"欧赞用钦佩的眼神看着哈里森，"你成功了。"

希尔达挽着哈里森，扶着他慢慢走回了房子前。

小阿诺德和赫尔曼坐在前门的台阶上。赫尔曼身上裹着一件厚厚的羽绒服，小阿诺德则轻轻地搂着他。老阿诺德坐在轮椅上，一脸困惑的样子。克拉森斯坦庄园的窗户要么被爆炸产生的强大气流给冲开了，要么窗玻璃被震碎了。

阿克塞尔瘫坐在一节低矮的台阶上，贝莎蹲在他的身边，用一块手帕捂住了他受伤的脑袋。阿尔玛看到了三个孩子，手舞足蹈地大叫了起来。看到哈里森还活着，克拉拉控制不住地哭了出来。

一阵精疲力竭的感觉向哈里森袭来。赫尔曼没事。房子也还在。他两腿一软，身子向前踉跄了一下。欧赞眼疾手快，把哈里森的另一只胳膊搭在了自己的肩上，扶着他上了台阶。

"这孩子没事吧？"阿尔玛连忙过来帮忙。她与希尔达和欧赞用德语交谈了几句。哈里森实在太累了，他甚至懒得去弄清楚他们在说些什么。他在老阿诺德的轮椅旁坐了下来，呆呆地看着远处一闪一闪的蓝色的光。

"很抱歉你的火车毁了。"看到老人也在望着远处的闪光，哈里森说道。

"不，哈里森，"老阿诺德看起来很虚弱，但还是对他笑了笑，然后又指了指天空，好像那上面有什么似的，"你已经打破了诅咒。非常感谢。"

"你知道总有一天你要把诅咒的真相告诉所有人。"哈里森低声说了一句，老阿诺德点了点头。

蓝色的光越来越近，哈里森定睛一看，这些光原来是排成一列的汽车顶灯发出来的，这些汽车正向他们这边驶来，包括一辆救护车和四辆警车。随着刹车发出的刺耳声，车子停在了房子的前面。纳撒尼尔舅舅从一辆车里冲了出来，径直奔向了哈里森。

"哈里森！怎么回事？你没事吧？"

希尔达一半英语一半德语地解释了起来。纳撒尼尔舅舅看了看她和哈里森，然后又看了看其他人，上下左右打量房屋的窗户，最后又把目光落在了哈里森身上。他一脸震惊，又好像不相信似的摇了摇头。

这几辆车的到来似乎才算是把大家从刚才的震惊中真正拉了回来，大家开始忙碌起来。哈里森躺在担架上，一位男医生用顶端带有小灯的工具检查了一下他的眼睛和耳朵。阿克塞尔被送上了救护车，要到医院做进一步的检查。另一位医生正在询问老阿诺德的情况，而老阿诺德则神情激动地在说着什么。芙蕾雅站在一旁焦急地看着她的爸爸。拉妲走上前和纳撒尼尔舅舅聊了起来。

克拉拉坐到了赫尔曼的旁边，贝莎也坐到了小阿诺德的旁边。不过，小阿诺德并没有把胳膊从自己同父异母的赫尔曼的身上挪开，而赫尔曼则始终低着脑袋。

"欧赞，"哈里森把欧赞叫了过来，"你跟小阿诺德进屋后发生了什么？"

"我们不知道你到底能把火车开多远，"欧赞答道，"我们以为整栋房子都会被炸垮。我和小阿诺德一边往老阿诺德的房间跑，他一边大声地叫他的妈妈、克拉拉和阿尔玛。等我们到了老阿诺德住的房间，小阿诺德一把抱起老人，把他放进了轮椅里。然后，他又问我赫尔曼在哪里，抱歉，发生了这么大的事情，我居然把赫尔曼忘了，可小阿诺德没忘。我告诉他赫尔曼在塔楼里。小阿诺德一边帮我把轮椅推进电梯，一边叮嘱我一定要把他爷爷从房子里带出去。因为我们用了电梯，他只能顺着楼梯跑上塔楼。赫尔曼当时还在睡觉。小阿诺德就像卷香肠一样把他塞进羽绒服里，抱着他一路冲下了楼梯。他们刚刚跑出房门的那一瞬间，火车爆炸了。那件羽绒服护住了赫尔曼，但小阿诺德被飞溅的玻璃擦伤了。为了给小阿诺德清理伤口，贝莎让他们俩都坐下来。从那一刻开始，他们俩就一直坐在那里，一步也没离开过彼此。"欧赞朝坐在台阶上的兄弟俩点了点头。

警察们在房子外面和贝莎交谈了很久。

纳撒尼尔舅舅在哈里森身边坐了下来。

"你没事吧？"哈里森问道。

"现在倒没什么事，可如果你妈妈知道我让你开着一个会爆炸的蒸汽火车头冒险，那可就不好说了。"

哈里森虚弱地笑了笑说道："不，我是说，你在警察那边没有什么事吧？"

"男爵向他们说明了我们的真实身份。"

"是时候告诉所有人真相了。"哈里森说道。纳撒尼尔舅舅点了点头。

第三十三章

团结力量大

克拉拉在厨房里为大家做好了热巧克力和咖啡。由于警察在短时间内无法确定房子的受损情况，因此男爵、芙蕾雅、拉妲、阿尔玛、纳撒尼尔舅舅和奥利弗按照贝莎的安排，把床垫和床上用品搬进了图书室，把这里变成了一间临时宿舍。大家都表现得非常友善，一个个面带微笑。与灾难擦肩而过的经历让他们明白了什么才是最重要的事情。

克拉拉端来了热饮，大家把图书室的椅子围成一圈坐在一起。老阿诺德把轮椅往前摇了摇，看了一眼哈里森，哈里森则回应他一个充满鼓励的微笑。老阿诺德清了清嗓子，提高了音量说道："亲爱的家人们，出于对客人的尊重，我接下来会一直说英语。"他边说边朝哈里森和纳撒尼尔舅舅点了点头。"我的秘密已经困扰你们够久的了，是时候让我说出真相了。"他停下来，看着自己的双手，"我……我……"老人渐渐哽咽起来。

哈里森站起来，走到他的身边。"老阿诺德·克拉森斯坦为了拓展家族的铁路事业，曾经做过一些事情。"哈里森说道，"为在商业竞争中胜出，他通过一些手段获取了对手的很多内幕消息，而他还把这些内幕消息提供给了其他的一些人。"

屋子里的其他人都瞪大眼睛看着老阿诺德。

"为了转移别人对自己所做事情的注意力，保护那些为自己家族公司工作的潜伏者，老阿诺德精心营造了克拉森斯坦庄园的神秘氛围，好用来掩饰他与秘密联系人联系的行为，以及解释那些可能被人看出来的异样。他从图书室里的一本摘录簿中得知了戈贝尔·巴贝林的故事，编造了'克拉森斯坦庄园的诅咒'。而他之所以会研读这本摘录簿，也是出于对家族事业的热爱。他跟人们讲述死亡谷死过人的往事，并散布谣言说在山上看到了女巫；他还夸耀自己的家族与歌德，以及和《浮士德》

的关系。"哈里森转过头，对老阿诺德笑了笑，"你在房子里放了那么多的动物标本，在屋外还养了山羊，把房子弄得阴森森的，看到别人都害怕这个地方，不愿意到这个地方来，你似乎还很高兴。"哈里森转向芙蕾雅，贝拉多娜正蜷在她的膝头，他对她说道："你继承了你爸爸的幽默感。你有意让人们认为你就是一名女巫，并且以此为乐。"

芙蕾雅咯咯地笑了，说道："确实如此。"

"爷爷！"小阿诺德大声说道，"诅咒是你编的？还有我小时候你跟我讲的那些故事？"他的样子大为震惊。

"那些都只是故事，小阿诺德。我很抱歉，如果……"

"哇！"小阿诺德扭头看着坐在身旁的赫尔曼，高兴地叫道，"我们没有被诅咒！"

"我是没有，"赫尔曼调皮地笑道，"但你确实被诅咒了，你长了一张驴脸！"兄弟俩如释重负，放声大笑。

"老阿诺德很善于散布谣言。每当悲剧发生时，比如曼弗雷德去世时，他总会引导家人和朋友们把这一切归咎于那个诅咒。"哈里森说道。

"诅咒仿佛自己有了生命，"老阿诺德附和道，"我无法控制它。”

“哈里森·斯特罗姆，你为什么会知道这么多？”芙蕾雅问道。

“他不是哈里森·斯特罗姆。”欧赞说道。

“你不是？”赫尔曼看上去非常困惑。

“他叫哈里森·贝克，他是一名侦探。”欧赞告诉赫尔曼。

“可他还是个孩子，”贝莎皱起眉头，然后又看了看纳撒尼尔舅舅，“你是谁？”

“我叫纳撒尼尔·布拉德肖，”纳撒尼尔舅舅也坦白了，“我是哈里森的舅舅，我们携手破案。”他骄傲地朝哈里森笑了笑。

“是我应老阿诺德的要求邀请他们来的。”男爵说道，“我们一致认为他们最好假扮成我们的远房亲戚。”

“如果没有诅咒的话，那为什么会发生这些怪事？”克拉拉问道。

“先生，”哈里森转向老阿诺德，“你还记得你第一次看到一个女人站在死亡谷顶部时的情景吗？”

“她是冬天来的，”老阿诺德答道，“我以为她是来要我的命的。”

325

"你跟别人提过她吗？"

老阿诺德摇了摇头。

"你刚刚不是说没有女巫吗？"小阿诺德皱起了眉头。

"老阿诺德没觉得她是女巫。"哈里森说道。

"我一直都知道，他们如果发现了我所做的事情——把他们的机密提供给别人，绝不会轻饶我的。"老阿诺德解释道。

"所以你当时给我写了信。"芙蕾雅惊呼一声。

"对，"老阿诺德答道，"我想弥补一下过去这些年对你的亏欠。我真的很抱歉，亲爱的。"

"在你见到死亡谷顶上那个女人之前的几个星期，"哈里森继续说道，"亚历山大有没有向你提议过，让你卖掉房子和土地，搬到柏林和他一起住？"

老阿诺德惊讶地点了点头。

"但你的妻儿都埋葬在这座山上。你爱这栋房子。你永远都不会离开这里。"哈里森继续说道。

老阿诺德点了点头说道："我想在这里度过余生。"

"亚历山大和你争论了一番，然后便回了柏林。过了几个星期，康妮来了，并自称是亚历山大雇来照顾你的护士。"

贝莎满脸愁容地说道："亚历山大不喜欢我照顾他爸爸。"

"不，"克拉拉皱起眉头，对贝莎说道，"不对啊。亚历山大告诉我是你雇的康妮。他以为你想以此控制他爸爸。"

"没有人雇用康妮。"哈里森说道，"她告诉这里的人是亚历山大雇的她，然后又装成贝莎给亚历山大写信，说自己雇了一个叫康妮的护士来照顾老阿诺德。"

贝莎倒吸了一口气。所有人都是一脸震惊的表情，包括纳撒尼尔舅舅。

"拉妲，你在亚历山大抽屉里发现的那些信件，它们是不是来自一家叫作斯特罗马克的公司？"哈里森问道。

拉妲点了点头，说道："他们想买下这栋房子和这里的地皮，把这里改造成一个疗养度假村。"

"信件上面还有纳特·斯特罗姆的签名，"哈里森说道，"所以你才会认为纳撒尼尔舅舅是这一系列怪事的幕后黑手？"

"对，在其中的一封信里，一个叫内森的人还问亚历山大，他们有没有可能利用老阿诺德对家族诅咒的恐惧耍花招，让他改变心意，同意这桩买卖。"拉妲说道。

"就连亚历山大都不知道诅咒其实是他爸爸编造的，这已经成了家族传说的一部分。哪怕是远房亲戚，都知道这个诅咒并且对它心怀恐惧。"他朝阿尔玛笑了笑。

"不过，这和康妮有什么关系呢？"贝莎问道。

"我们刚到这里的时候，男爵介绍说我舅舅叫纳特·斯特罗姆，当时康妮就一直盯着我舅舅。当天晚上，她又问我，为什么我们会到这里来，并让我告诉我爸爸我想回家了。"他停顿了一下，"她很清楚我舅舅不是真正的纳特·斯特罗姆，因为……她才是。"

"康妮是纳特·斯特罗姆？"芙蕾雅惊讶地问道。

"娜塔莉·斯特罗姆。"哈里森点了点头，从口袋里掏出了那张照片，"她一心想要买下这个地方，于是乔装成康妮·穆勒，谎称是亚历山大雇用了她。到了这里之后，她与阿克塞尔、老阿诺德和贝莎聊了很多次，希望能尽可能多地了解那个诅咒。她发现了私人图书室的钥匙，也读到了那本记载了巴贝林太太儿子之死的摘录簿。"

"是康妮把那页的一角折起来的！"希尔达惊呼一声。

"对。她告诉阿克塞尔自己在树林里见到了女巫。小阿诺德那天深夜回家时，也是她跳出来把他吓了一跳。"

"其实也没那么吓人。"小阿诺德嘟囔道。

"康妮会有意打扮成老阿诺德所描述的女巫形象：脸如幽灵般惨白，穿着一件灰色的斗篷，以及披着长长的黑发。后来，她发现老阿诺德摆弄火车模型的时候总喜欢朝窗外张望，于是她又故意常常站在死亡谷的顶部。"

哈里森转向老阿诺德继续说道："康妮以为她自己在利用诅咒的事情吓唬你，其实她根本不知道你所描述的女巫形象来自你之前传递秘密情报时的联络人，而你却以为自己在山口看到的那个女人是敌方派来的人。"

"她不可能是我以前的联络人，"老阿诺德解释道，"我的联络人和我同龄，但她确实会穿一件灰色的斗篷。不过，我还是以为那个女人的出现是给我的警告。"

哈里森看了看大家，继续说道："康妮的目的是吓唬老阿诺德，还有你们所有人，好让他变卖家产，和亚历山大一起搬去柏林。如果老阿诺德死于心脏病，对她来说也有好处，因为房子会被传给亚历山大，而他本人很愿意卖掉它。"

"这一切就是为了一块地皮。"克拉拉看上去完全惊呆了。

"这可不是一块简单的地皮。"哈里森说道，"山上虽然没什

329

么可以买卖的土地——这里大部分都是国家公园，不过，欧赞的爸爸告诉过我，这里不仅有引人入胜的自然风光，还有丰富的文化资源，以至于世界各地的游客纷至沓来。一个大型疗养度假村能赚很多很多钱，尤其是它还配有一条直通布罗肯站的私人铁路。"

哈里森的话让在场的人恍然大悟，大家纷纷小声议论了起来。

"亚历山大并不知道照顾他爸爸的护士就是娜塔莉·斯特罗姆。当康妮知道亚历山大要来拜访时，她藏了起来，并暗自希望她的恐吓计划能使老阿诺德改变心意。可当亚历山大再次试图说服老阿诺德卖掉房子时，老阿诺德还是拒绝了他，两个人为此还吵了起来。看到爸爸如此固执，亚历山大非常生气。他去书房喝了几杯威士忌。贝莎去找他聊了聊小阿诺德的未来，亚历山大之前承诺过要在克氏集团给小阿诺德安排一份工作，但贝莎雇用护士的事情惹恼了亚历山大，他甚至把爸爸固执己见不肯卖房子的事也归咎于贝莎，所以他们两个人又大吵了一架。"贝莎轻轻地点了点头，表示同意。"亚历山大冲出房间，顺着铁路走到了死亡谷。"哈里森继续说道。

哈里森停顿了一下。屋里的人都屏住了呼吸。

"我认为接下来发生的事情应该是这样的：康妮把点燃的蜡烛插进骷髅头的'眼睛'里，穿上女巫的灰色斗篷，在脸上抹上白色的颜料，准备在老阿诺德向窗外张望时吓他一跳。她肯定以为自己这么做能帮亚历山大一把。但当她看到亚历山大沿着铁轨怒气冲冲地冲过来时，她以为自己的身份被识破了，所以吓得从藏身处跳了出来，可她忘记了自己已经化了妆，还披着女巫的斗篷。由于之前的两次争吵，亚历山大的体内积攒着大量的肾上腺素，加上酒精的作用，所以当看到传言中的女巫突然出现时，他被狠狠地吓了一跳，他的心脏病被诱发了。康妮脱下伪装，解开亚历山大衬衫的领子试图帮助他呼吸，她想告诉他自己这么做是为了帮他。而亚历山大伸手抓到了她的脸，所以他的指尖留下了白色的颜料。娜塔莉利用诅咒来恐吓他家人的计划给了他最后一击，他的心脏彻底崩溃了。"哈里森转向男爵，"正因为临死前意识到是自己让父亲身处险境，所以亚历山大才会是那副表情。"

房间里陷入了一阵长时间的沉默。

"亚历山大的死让康妮陷入了真正的麻烦。因为即使老阿诺德死了，亚历山大也不可能把房子卖给她了。但她又不能逃跑，因为那样会让人怀疑她和亚历山大的死有关。所以，她宣称女巫和诅咒是导致亚历山大心脏病发作的罪魁祸首。她决定继续按计划行事，寄希望于亚历山大的死能让老阿诺德改变心意，卖掉房子。因此，当芙蕾雅走下火车，前来参加葬礼，并且明显很高兴能够回家时，她肯定吓了一大跳。"

"因为这样就将由我来继承这幢房子了，"芙蕾雅看着她的爸爸，老人则点了点头。"我永远也不会卖掉房子的，爸爸。"芙蕾雅说道。

"我听到你亲口对拉妲说亚历山大死的时候你就在这里，"欧赞略带发难似地对芙蕾雅说道，"为什么？"

"爸爸写信说他想见我。我当时还有些拿不定主意。于是，我到了韦尼格罗德，找了一个地方先住下来。我希望能在家门口调整一下心情，再鼓起勇气敲开家门，可不久就传来了亚历山大的死讯，而我也只好先返回了科隆。"

"但你跟拉妲说你有一个计划。"欧赞不依不饶地追问道。

"确实，"芙蕾雅笑了笑，"我准备搬回来，长期住在这里，这样可以离爸爸近一些。"

"亚历山大的葬礼是康妮吓跑你们的最后一次机会，"哈里森继续说道，"为了让诅咒显得更加恐怖，她把鲜血倒进了小阿诺德和赫尔曼的手套。"

"她从哪里弄来的血？"希尔达好奇地问道。

"她可能是从韦尼格罗德的屠夫那里买来的，或者……"

"哦不！"希尔达用双手捂住了自己的脸，"不会是那只可怜的山羊吧！"

"那只山羊确实是在葬礼的前一天失踪的。"哈里森说道。

"太残忍了！"欧赞一脸苦相。

"那些几乎砸到我们的石块呢？"赫尔曼问道，"那也是康妮干的？"

"对！"哈里森点了点头，"你还记得吗？她前一晚来塔楼问我们准备第二天做什么，我们告诉她我们要去死亡谷打雪仗。第二天早上，她把老阿诺德的靴子塞进包里，故意放跑山羊，然后叫上阿克塞尔去帮她找山羊。在此期间，她找机会甩开阿克塞尔，换上靴子，走到死亡谷顶部，推下了一堆石块和积雪。"

"她袭击了你？"克拉拉一脸惊恐地看着赫尔曼问道。

"她的计划是先吓唬我们一下，然后把矛头引向阿克塞尔。

因为阿克塞尔的鞋码和老阿诺德的一样，当我们发现雪地上的脚印后，阿克塞尔自然会成为头号嫌疑人。"

"再加上他的挂坠，"欧赞说道，"那上面刻有 G 和 B 两个字母。"

"哦，也是康妮引导我们注意那个挂坠的。"希尔达说道。

"那是阿克塞尔妈妈的项链，"贝莎说道，"她在嫁人之前名叫格里塔·巴尔泽。"

"在葬礼上，康妮建议克拉拉带老阿诺德回柏林，可老阿诺德就是听不进去。也就是在那个时候，她又想到了一个新的计划。那天早上，她从我和阿克塞尔的谈话中得知，没有水的蒸汽火车头可能会爆炸。如果火车头在房子旁边爆炸，那这栋房子肯定会被炸毁，这样你们就不得不搬走了。届时，斯特罗马克公司可以乘虚而入，用低价买下这个被诅咒的地方。"

"可那差一点儿就害死了爷爷和赫尔曼！"小阿诺德非常气愤地说道。

"她可能没想到这一点，或者说她根本就不在乎。"哈里森说道，"从墓地回来的路上，她告诉拉妲，亚历山大书桌里的文件能证明纳撒尼尔舅舅有罪。她想让你们去报警，以为你们都会离开这栋房子。接着，给老阿诺德打完镇静剂后，她又把阿克塞尔叫到火车棚，并用扳手袭击了他。在那之后，她返回火车头，给锅炉里加满了煤，然后便拎上包离开了。她盘算得很好——就算有人要找她，那找的也是康妮·穆勒，而不是娜塔莉·斯特罗姆。"

"我真想亲手抓住那个女人。"芙蕾雅一边说，一边做出掐住某人脖子的动作。

"没有人知道她现在在哪里。"哈里森叹了口气。

"嗯，好消息是她已经不在这里了。"阿尔玛说道，"现在，把你们的饮料喝完，孩子们，该睡觉了。你们今天经历得够多了。"

红色信号

第二天早上，当哈里森在图书室里睁开双眼时，映入他眼帘的是成百上千本书的书脊，它们宛若卫士一般竖立在他的四周。欧赞和赫尔曼坐在希尔达睡的床垫上，三个人正在轻声交谈着。

"你醒了！"希尔达微笑道。

"我们决定了，"赫尔曼说道，"虽然你不是我们的表亲，但我们希望你是。"

"我们想让你做我们的名誉远房表亲。"欧赞说完，三个人一起点了点头。

哈里森睁大了眼睛，高兴地说道："我很乐意。"

"你真的今天就要走了吗？"希尔达问道。

哈里森点了点头说道："我答应过我妈妈节前回家。"

"你走之前，还有时间和我们打一场雪仗吗？"欧赞问道。

"当然。"哈里森咧嘴笑道。

就在这时，克拉拉探头在图书室的门口张望了一下，她愉快地说道："我们把早餐放在门厅的桌子上了。你们要是准备好了的话，拿个盘子，自己去拿吃的吧！"

赫尔曼跳到小阿诺德的床垫边，先是大喊道："醒醒，大坏蛋！"紧接着又发出一声尖叫，原来是小阿诺德学着熊生气的样子抓住了他。

哈里森伸了个懒腰，站了起来。他穿上套头衫，朝窗外望去。令他吃惊的是，他看到一辆红色汽车歪歪斜斜地停在车道的中央。一名金发女子正在驾驶座上挣扎着，车子的顶上居然站着一只山羊。

"那是谁？"赫尔曼走到他身边问道。

"快去报警！"小阿诺德大声喊道，"是康妮！"

"噢，是那只走丢的山羊！"希尔达发出了欢快的叫声。

"康妮被铐在方向盘上了。"哈里森惊讶地说道。

康妮瞪着眼前的房子，拼命地扭动手腕想要挣脱手铐。

"她是从哪里来的？"欧赞问道。

"也许是山羊抓住了她。"希尔达咯咯地笑道。

"肯定是有人抓住了她。"小阿诺德的话音刚落，大家都把目光转向了哈里森。

"别看我啊！"哈里森耸了耸肩。

警察很快赶到并逮捕了娜塔莉·斯特罗姆。克拉拉、贝莎和芙蕾雅想去跟她好好谈一谈，但男爵坚持要她们留在屋里，并安排纳撒尼尔舅舅和奥利弗去跟警察沟通。男爵表示，大家已经被这名女子搞得心烦意乱了，现在应该让有关部门去处理她，而大家则要向前看了。

警察一走，四个孩子就跑到雪地里，开始扔雪球。小阿诺德也大喊着加入了他们："我们兄弟俩来对你们所有人！"说着，他把赫尔曼叫到了自己的身边。

克拉拉和贝莎坐在台阶上，一边喝咖啡，一边看着孩子们玩耍。看到小阿诺德飞身挡住砸向赫尔曼的雪球时，两位母亲都笑了。

纳撒尼尔舅舅提着他和哈里森的行李走了出来，他向哈里森招了招手。与此同时，一辆出租车停在了车道上。"我该走了。"哈里森说道，大家都停下了扔雪球的动作。

"你会来慕尼黑看望我们吗？"希尔达问道，欧赞则在一旁不住地点头。

"我很乐意。"

赫尔曼伸出胳膊搂住哈里森，希尔达和欧赞也搂住了他。

小阿诺德大笑着用德语喊了几声，然后飞扑过去和他们抱在了一起。一阵欢声笑语中，孩子们全都被他扑倒在了雪地里。

哈里森和舅舅登上了返程的火车。当火车到达柏林中央火车站时，他们走下火车，准备前往下一个换乘车站。

"到布鲁塞尔远吗？"两个人盯着站台上的大屏幕时，哈里森问道。

"我们在科隆换车后，不到两个小时就能到了。在搭乘欧洲

之星号之前，我们还有时间吃些东西。"纳撒尼尔舅舅伸手一指，"13 号站台——我们在这里上车。"

他们穿过来来往往的旅客，在长椅上找了个位置坐了下来，等着即将进站的城际高速列车。

"你说康妮会坐很久的牢吗？"哈里森问道。

"我希望会。"

"她看上去像是个好人。"哈里森叹了口气，"不过，有的人表面是一副样子，背地里却又是另一副样子，真有意思。"他意味深长地看了看舅舅。

"说到这里，"纳撒尼尔舅舅说道，"我想要谢谢你，谢谢你在解释我们去克拉森斯坦庄园的目的时，没有说出我过去的秘密。"

"我一向说到做到。"

"是的，你为我保守了秘密。"纳撒尼尔舅舅感激地笑了笑，然后瞥了一眼手表，"火车还有几分钟才会到，我去买些意面冰激凌在路上吃。"

"意面冰激凌？"

"你肯定会喜欢的，"纳撒尼尔舅舅说道，"我马上回来。"

哈里森坐在他们的行李旁边，欣赏着这座充满现代气息的车站。忽然，他听到一个低沉而坚定的声音说道："别回头，哈里森。"

哈里森一下子僵住了。他微微侧过头，从身旁的广告牌映出来的影子里，他看到一个女人正坐在自己身后的长椅上。哈里森收回目光，直视自己的前方，看到一对年轻的夫妇正推着婴儿车向电梯走去。

"北极狐？"他小声问道。

"嗯。"那个女人回答道。一个人从他们坐着的长椅旁经过，女人和哈里森都陷入了沉默。

"谢谢你，"等那个人走过，哈里森抱住自己的背包说道，"谢谢你救了我的命。"

"你点亮了红色信号，我回应了。你救了很多人的命，"她发出轻轻的笑声，声音低沉而沙哑，"对于一个孩子来说，你干得还不错。"

"老阿诺德安全了吗？"

"嗯，我会关注他的，他暂时没什么好担心的。"

"你不是他的联络人？"

"哈！我没有那么老。"

"你是怎么找到康妮的？"

"你的问题还真不少。自从和'信号员'接上头后，我就一直在监视克拉森斯坦庄园。当康妮离开庄园时，她还不知道她自己那辆车的轮胎已经被扎破了。她没能走多远。"她发出一阵低低的笑声，"我听到她打电话说要租车。我就开了一辆车过去给她，告诉她我是租车公司的工作人员。她上车后，我把她送回了庄园，把她铐在了方向盘上。"

哈里森咧嘴一笑，问道："那你是怎么找到山羊的？"

"山羊？什么山羊？"

哈里森咯咯地笑了起来。那只山羊肯定是自己找到了回家的路。

"我来是想让你明白，保守我们的秘密非常重要。""北极狐"严肃地说道。

"我明白。"哈里森答道。

"从今以后，你的代号是'沉睡者'。"

"你可以相信我。"听到自己也有了代号，哈里森内心激动起来，"你现在打算做什么？你要回韦尼格罗德吗？"

没有人回答。哈里森瞥了一眼广告牌，发现自己身后的长椅上似乎没有人了。他转头朝身后看去，长椅上空空荡荡的。再看看四周，他只看到不远处有一群陌生人在匆匆地穿过车站大厅。

"给你。"纳撒尼尔舅舅抱着一桶淋着红梅酱的意面冰激凌走了回来，"看来我把时间掐得刚刚好。"他的话音刚落，红白相间的列车便驶进了车站。

"准备好和你那无聊的老舅再次搭乘火车旅行了吗？"舅舅两眼放光地说道。

"随时都在准备着。"哈里森笑着答道。他站起来，抓住行李箱的把手大声说道："我们回家吧！"

·作者笔记·

这本书的创作灵感来自真实的地点、铁路旅行和德国民间传说。我们希望与你们分享一些关于这些火车和地点的信息，同时告诉你们书中的哪些内容并非真实的。

开往柏林的夜车

大家都可以体验哈里森和纳撒尼尔舅舅从克鲁到韦尼格罗德的旅程。我们亲自体验了其中的大半段旅程。我们从圣潘克勒斯国际火车站出发，搭乘的是 TGV（法国高速列车）和卧铺列车，而不是直达柏林的欧洲快车。萨姆计划好了路线（在 seat61.com 网站提供的帮助下），带着我坐上了卧铺列车（这是我有生以来第一次搭乘卧铺列车），与我们同行的还有一位法国女士。整个欧洲有许许多多的卧铺列车，它们将一座座美丽的城市连接起来，成为除了飞机之外，可供游客选择的另一种交通工具。最近，随着通往巴塞罗那、威尼斯和阿姆斯特丹等城市的新线路的开通，卧铺列车又重新流行起来。

布罗肯铁路

布罗肯铁路是一段连接韦尼格罗德和布罗肯山的真实铁路。

它是横贯哈茨山脉的窄轨铁路网络的一部分，也是欧洲最后一批保留着列车时刻表的蒸汽铁路之一。在一个99型蒸汽火车头的牵引下，我们穿过浓雾弥漫的松林和古老的岩层，抵达了山顶。正是这段旅程激发了我们创作这本书的灵感。

死亡谷和克拉森斯坦家族

死亡谷不是真的，克拉森斯坦庄园也不是。创作这座庄园的灵感主要来自韦尼格罗德城堡和韦尼格罗德历史上的那些建筑。如果有机会，我们建议你们好好去参观一下韦尼格罗德城堡。

克拉森斯坦家族的名字取自克里斯蒂安·哥特利布·克拉森斯坦。据说他是激发玛丽·雪莱创作《弗兰肯斯坦》的科学家之一。

女巫与魔鬼

哈茨山区的民间传说中有许多女巫的形象。每年五月前夕，这里有一个叫作"沃尔珀吉斯之夜"的节日。在歌德的名剧——《浮士德》的第一部分，有女巫们飞到布罗肯山，在沃尔珀吉斯之夜与魔鬼共舞的描述。如今，在哈茨山山脚下的村庄和城镇里，人们还会在这一天打扮成女巫和魔鬼，点燃篝火，狂欢到黎明。

在为这本书做研究时，我们偶然发现了一个无辜女孩的故事：1626 年—1631 年，她在德国维尔茨堡遭到女巫审判，并被判处了死刑。这个女孩的名字叫戈贝尔·巴贝林。我们用她的名字给我们书中的角色命名，因为我们的戈贝尔·巴贝林也不是女巫。

歌德

《浮士德》的作者。歌德在德国的重要性不亚于莎士比亚在英国的重要性。

布罗肯山

布罗肯山上有一个建于冷战期间的信号塔。柏林墙的倒塌象征着东德和西德的重新统一，而布罗肯山的再次开放也被视为东德、西德统一的另一个象征。

蒸汽火车头爆炸

老式的蒸汽机在缺水的情况下确实会爆炸——这种情况很罕见。而且出现这种情况，通常意味着火车必定还存在其他方面的问题。如今的蒸汽火车头必须严格遵循现代安全规则，以确保这种情况不会发生。自 1962 年以来，英国便再也没有发生过蒸汽火车头爆炸的事情。

微型铁路杰作

萨姆的叔叔大卫在萨默塞特的家中有一个庞大的铁路模型，它是克拉森斯坦庄园老阿诺德微型铁路杰作的原型。我们在韦尼格罗德时，发现了一个用火车模型给客人送饮料的酒吧，那里的酒水味道似乎由于火车模型的传送而变得更加美味。

了解更多……

如果你想更多地了解欧洲的铁路，我们建议你去参观欧洲众多铁路博物馆中的一个——德国技术博物馆。为了创作这本书，萨姆特地去参观了这座博物馆，并在那里发现了一件事情：

电动火车是德国人发明的。

你们也可以访问我们的网站 adventurestrains.com，寻找更多优质资源，了解更多关于哈里森的旅程。

致　谢

我要感谢我的丈夫——萨姆·斯帕林，感谢他一直以来的爱和支持，这一次更要特别感谢他的作画。在我们动笔写作之前，他经常会提前设计好建筑物和火车车厢的样子。为了写好这个故事，他仔细研究了德国建筑，并帮我们创作了令人毛骨悚然的克拉森斯坦庄园的画。

感谢我们在麦克米伦出版公司的编辑莎拉·休斯，你一直是我们忠实的读者，谢谢你能够理解在如此紧迫的时间里创作一本如此复杂的书是多么困难。莎拉，感谢你对这个系列的信任和耐心，我们还想乘坐火车环游世界呢！此外，我还要感谢我们的校对编辑——尼克·德·索莫吉，感谢他带着严谨的工作态度以及最大的热情为我们的铁路谜案进行校对。

这本书精美无比，而这一切都归功于了不起的蕾切尔·维尔和埃莉莎·帕加内莉。我非常感谢这两位才华横溢的女士。你们为我们每本书画的图都让我惊讶，你们完美地捕捉到了哈里森的心情和眼神。感谢你们非凡的努力和慷慨的精神。

我想感谢麦克米伦出版公司的其他人，是你们帮助我们创作了这本书，并把它交到读者手中——我希望有一天能见到你们每个人。乔·哈达克，感谢你把这套书的推广活动变成了纯粹的乐趣。

科斯蒂·麦克拉香兰，我出色的经纪人，我一如既往地感谢你的陪伴。希望我们的旅程可以一直继续下去。

谢谢你，萨姆·塞格曼，你是一位出色的写作搭档，谢谢你带我搭乘卧铺火车一路抵达了布罗肯站，这是我人生中第一次搭乘卧铺火车。我永远也不会忘记这趟美妙的旅程。

衷心感谢每一位阅读和推荐我们的书的人。

M.G. 伦纳德

这本书是在非常困难的情况下写成的。然而，最黑暗的时刻总是被许多人用明亮的火花照亮，我要好好感谢他们：

首先，谢谢玛雅。感谢他在这充满挑战的一年里给予我的友谊和支持。谢谢他的善良和充满智慧的言语，谢谢他愿意与我做伴，不知疲倦地踏上这段尤为黑暗的冒险之旅。能有他这样一位朋友，我每天都心怀感激："看在老天的分儿上，好好睡一觉吧！"

感谢我的父母，他们把全世界的爱都给了我。

感谢我们的编辑莎拉·休斯。她在暴风雪中登上了这列高速列车的驾驶平台，但她轻松地扛住了挑战。尽管这本书的出版是如此不容易，但她还是如期完成了这本书。她那可怕的力量无人能敌。

感谢埃莉莎·帕加内莉——夏洛克·达·芬奇本人。她的插图创造了奇迹，值得我们给予她更多的赞美。另外，还要感谢蕾切尔·维尔，她敏锐的双眼和熟练的业务能力使这本书拥有了宛若艺术品的包装。

感谢麦克米伦团队的其他成员，你们各司其职，尽其所能将我们的系列作品推上成功的高峰。萨姆、乔、莎拉、艾利克斯、查理以及所有我甚至都还没有见过的人，你们毫无怨言地为我们做了很多事情，我只想说："你们都是英雄。"

感谢我的经纪人——科斯蒂·麦克拉香兰，她像布罗肯山一样稳重，却和蔼可亲。我一直很高兴能与她共事。

感谢那些支持我渡过难关的朋友。这里要感谢的人太多了，我无法写下他们每一个人的名字。我要特别感谢佐伊·罗伯茨、金·皮尔斯和罗辛·赛姆斯，他们一直在帮助我这个需要帮助的作家。

感谢我的侄子莫提，我们的头号粉丝，他越来越像哈里森了。

感谢萨姆·斯帕林，日历之王，午餐之王。

感谢每一位将我们的故事传递给年轻小读者或成年读者的老师、书商，我从心底里感谢你们。在过去的一年里，我最大的遗憾就是没能多去学校和商店见见你们，近距离和你们畅谈一番。希望我能尽快弥补这一遗憾。

还有你，亲爱的读者，谢谢你拿起这本书和我们一起冒险。我希望你能留在车上，与我们一起前往下一站。

萨姆·塞格曼

感谢阅读!

哈里森的下一趟旅程期待您的加入!